托比的马戏团奇遇记

[美] 詹姆斯·奥蒂斯——著
马　骧——译

古吴轩出版社

图书在版编目（CIP）数据

托比的马戏团奇遇记 /（美）詹姆斯·奥蒂斯著；马骧译. -- 苏州：古吴轩出版社，2022.3
（世界少年经典文学书屋）
ISBN 978-7-5546-1827-1

Ⅰ. ①托… Ⅱ. ①詹… ②马… Ⅲ. ①儿童小说—长篇小说—美国—现代 Ⅳ. ①I712.84

中国版本图书馆CIP数据核字(2021)第221352号

责任编辑： 徐小良
策　　划： 沈　鹏　王　畅
封面设计： 张易凡

书　　名： 托比的马戏团奇遇记
著　　者： [美] 詹姆斯·奥蒂斯
译　　者： 马　骧
出版发行： 古吴轩出版社
地址：苏州市八达街118号苏州新闻大厦30F　　邮编：215123
电话：0512-65233679　　传真：0512-65220750
出 版 人： 尹剑峰
印　　刷： 无锡市证券印刷有限公司
开　　本： 880×1240　1/32
印　　张： 7.75
字　　数： 138千字
版　　次： 2022年3月第1版　第1次印刷
书　　号： ISBN 978-7-5546-1827-1
定　　价： 42.80元

致所有在征途上披荆斩棘的少年！

James Otis Kaler

W. A. ROGERS.

目录

第一章　马戏团

“一分钱六颗花生太少了，请再多给我几颗花生吧，您看行吗？”一个眼睛大大的小男孩眼巴巴地望着面前高高的花生堆，向马戏团里卖糖果的小贩询问道。他看了看手里的六颗花生，个个都小得可怜。

“不行。”摊位老板面无表情地回答道，同时把男孩那一分钱仔细地放进抽屉里。

小家伙又看了看手中的花生，然后小心翼翼地敲碎了其中最大的一颗。很快，男孩的脸上露出了深深的失望，他抬头望向小贩，急切地询问道：“坏掉的花生，您也不给我换成好的吗？”

小贩那张似乎从来不曾笑过、一直紧绷着的脸，此刻终于露出了一丝微笑。他把两颗花生扔给了这个男孩，问道：“你叫什么名字？”

小男孩抬起他那双棕色的眼睛，打量了小贩一会儿，似乎想知道他的这个问题是否出于善意。过了一会儿，男孩轻轻地回答道："托比·泰勒。"他一边说一边仔细地挑拣花生。

"哈哈，这名字可真奇怪。"小贩皱了下眉。

"是的，我想是挺奇怪的……我也没想到我会有这么奇怪的一个名字。[1]但是大家都这么叫我，丹尼尔叔叔也这样叫我。"

"谁是丹尼尔叔叔？"小贩接着问。这会儿没有其他顾客，他似乎想逗逗这个男孩，和他再多说几句话。

"他根本不是我的亲叔叔，我这么称呼他只是因为所有的男孩都这么称呼他。我和他住在一起。"

"你的爸爸妈妈呢？"

"我不知道。"托比漫不经心地说，"我对他们了解不多，也不感兴趣，丹叔叔[2]说他们对我也了解不多。我觉得他们并不想了解我……又有一颗花生是坏的，您能再给我两颗花生吗？"

---

① "托比"这个词在19世纪是盗贼的俚语，指拦路抢劫，或代指经常发生抢劫的公路。所以在文中，托比经常因为名字被人嘲笑。

② 丹尼尔叔叔的简称。

GREA
LEMONADE
5¢
GLASS

小贩给了他两颗花生。托比接过来放进口袋里，然后一边翻来覆去地摆弄手里的花生，一边低着头说道："我不应该怀疑这些花生是不是都坏了。不过，我手里的每一颗花生，如果你都愿意拿两颗来换的话，我就不用把它们都剥开检查了，那么你就可以把它们再卖出去了！"

当托比提议如此"交易"时，那小贩似乎觉得很好玩儿，他一边按照托比的要求数出对应数量的花生，一边又打趣道："小滑头，如果我把这些花生给你，我猜你会让我继续跟你交换，还是以二换一，这样你就可以不停地跟我交换，直到你把我所有的花生全都拿走……"

"就算这些花生全都坏了，我也不会这么做的。"

"好吧，是我冤枉你了。你已经拿到的花生就留着吧，我还可以把这些也都给你，但你不能再买了，我可不想做亏本的买卖。"

托比接过小贩递来的花生，一点儿也不觉得脸红。他就近坐在附近的一块大石头上，津津有味地吃了起来，一双大眼睛机警地注视着周围发生的一切。

马戏团的到来对吉尔福德小镇的居民来说，是一件大事。自从那些颜色鲜艳的海报在小镇上出现之后，托比就没有心思考虑其他的事情了。从第一辆马车进城开始，他就一直跟着马戏团，哪怕现在花车游行结束了，他仍旧用热切的目光打量着与马戏团有关的一切事物。这会儿时候尚早，马戏团的工作人员却已经把演出的大帐篷搭建完毕，一切都已准备就绪，就等着下午的演出了。

刚刚做了“亏本买卖”的小贩，这会儿似乎对这个小男孩更感兴趣了，他又抛出了几个问题——反正闲着也是闲着。

“小朋友，和你一起住的丹尼尔叔叔究竟是谁呀？他是个农民吗？”

“不，他是一位受人尊重的教会执事。但是每当我在教堂集会上睡着，他就会用《圣歌集》打我！可疼了！这点真让人讨厌。他还老是抱怨我吃得太多了，说我吃东西的开销是我挣的钱的四倍……不过我觉得这一点他应该说对了。唉……”

托比的语气变得像是在吐露一个秘密，同时又带着无奈和悲伤：“我特别能吃，而且似乎控制不住。不知道怎么回事，我总是觉得肚子饿，好像永远也吃不饱，直到‘胡萝卜时间’①来临。到那个时候，我才可以吃个痛快，想吃多少就吃多少，也不用担心被骂。”

“你从来没有吃饱过吗？”

① 胡萝卜时间，孩子们可以吃胡萝卜的规定时间。

“应该吃饱过。我好像生下来就贪吃，丹叔叔说他当年在干草堆上发现我的那一瞬间，我就在哭着要吃的。今天我求他给我点钱，让我来看马戏，他说只能给我一分钱，因为最近日子不好过。他还说：‘你最好去买点吃的，别去看马戏，反正他们演得也不好。’可是一分钱根本不够，买不到什么东西，我多么希望一分钱能买到一蒲式耳[①]花生啊！”

“那你会吃到吐的。”

“没错，那我也愿意！丹叔叔说，如果我有机会敞开吃，我肯定会吃到吐。但是……但是我想试一试。”

托比坐在一块石头上，双手抱膝，来回晃动。他个头很小，脑袋滚圆，长着一头火红的短发，脸上布满了雀斑，像火鸡蛋一样。一双清澈如水的大眼睛盯着摊位上各种好吃的糖果，看上去天真又可爱。无论是谁，看到托比的样子，恐怕都会忍不住大发慈悲，除非是铁石心肠。

然而这位小贩约伯·洛德先生正是一位铁石心肠的人，他没有给小家伙任何食物。

托比仍旧在安静地晃动着身体，等待了好一会儿，小贩无动于衷，什么都没有发生，而托比似乎又有了新的想法，吞吞吐吐地说道：“我想，你可能不会愿意……你能

① 蒲式耳，英美制容量单位。在美国，1蒲式耳合35.24升。

不能……先卖给我一点儿，等我长大了……再给你钱，好吗？”

洛德先生果断地摇了摇头，拒绝了这一提议。

“我也觉得你不会同意的，”托比赶紧试着解释，“只不过，你这会儿好像也没在卖东西，我就想，问一下也不碍事，说不定会有意外的回答。”说完，托比假装身后出现了一个新奇有趣的玩意儿，借此把他那羞得通红的脸转了过去。

洛德先生重新整理了他摊位上的糖果，把几片干瘪的柠檬皮加进了冒充柠檬汁的饮料里，然后继续问托比：“我猜你的丹尼尔叔叔让你干活来养活自己，对不对？”

“是这样的。可是他说我干活挣的钱，都不够买一顿‘鸡食’。我想他说得很对，一个没爹没妈的孤儿当然应该好好干活，可是我真的不喜欢那么努力地干活。可能是因为我花了太多时间在吃东西这件事情上了，吃饭可把我累坏了……对了，尊敬的先生，是不是只要你想去看马戏，你随时随地都可以去，对吗？”

“哈哈，是的，每场演出我都会去。因为大帐篷里面的那个摊位也是我的，就像你眼前的这个摊位一样。”

托比情不自禁地发出了一声惊叹。他心中盘算着，在马戏团里当个小贩，不仅能够拥有这么多美味可口的糖果，而且无论走到哪儿都有马戏可看，这是多么幸福的事啊！

“这一定超级棒！”托比把头转了回来，看了看糖果摊，又看了看洛德先生。

“你看我这糖果摊怎么样？还算喜欢吗？”洛德先生神气地说道。他正用一种“做生意”的眼光打量着托比，仿佛在打量一件正在被估价的商品。

“怎么能说‘还算喜欢’，”托比说，“我简直喜欢死了！我会吃到发胖的！”

“发胖恐怕不太好，”洛德先生若有所思，“我真心觉得，对于你这个年纪的小孩来说，你现在的胖瘦刚刚好。不管怎样说，我很想给你一个机会。”

“什么！”托比吃惊地大叫起来，眼睛睁得更大了，难道好日子就要来了吗？难道机会就这么轻而易举地出现了吗？

“是的，你没听错，我很想给你这个机会。”现在轮到洛德先生开始吐露他的“秘密”了，“你知道吗？这三个月以来，原本有个男孩一直担任我这一季[①]的助手。但是他突然跑了——就在上一个城市，他抛下我独自离开了。所以现在只剩下我一个人，我正想找个助手呢。”

托比的脸上立马流露出对这个男孩的不解和鄙夷，他

① 这一季，指夏季。20世纪初，美国马戏团巡演一年分冬、夏两季。

竟然放弃当洛德先生助手这样巨大的荣耀，放弃天堂一般的生活……托比一边在心里感慨着，一边屏住呼吸等待洛德先生的聘用邀请，他现在觉得这个机会命中注定是属于他的。

“其实呢，我对男孩子们一点儿也不挑剔，”洛德先生继续用亲切的语气说道，就像在跟最亲密的朋友倾诉，“但是那个男孩似乎认为他的待遇比世界上任何一个男孩都要糟糕，认为他干的活儿比世界上任何一个男孩都要辛苦。”

“他应该去跟丹叔叔住一个星期。”托比忍不住插话道。

“在这里，我就像父亲一样对待他，”洛德先生自顾自地说，并没有理会托比的话，“我管他吃，管他住，每周还给他一美元……”

“他能用这一美元做任何他想做的事吗？”托比又忍不住插嘴。

“当然可以。我从不限制他，不管他有多么大手大脚。你知道吗？就在这个糖果摊，他一下午就花掉了他整整一个星期的工钱，这是我亲眼所见。他的钱一下子花光了，而且他还吃得肚子疼，最终还是我掏钱买了薄荷和姜糖来帮他治病。”

托比忍不住摇了摇头，这是多么不知好歹，多么堕落！这个男孩竟然会从这样一位慈悲心肠的雇主身边跑掉，这又是多么愚蠢！竟然会抛弃这样一份理想的工作！托比一边不住地摇头，一边盯着那些花生，洛德先生敏锐地捕捉到了托比渴望的眼神。

也许因为约伯·洛德先生真的像他自我标榜的那样——是个温柔善良的人，也许因为他想博得托比的好感。不管是什么缘由，他最终给了托比一大把花生，而我们亲爱的托比在美食面前完全沦陷。他一点儿也没有动用他那圆圆的小脑瓜去思考——这样一份礼物的背后，会隐藏着什么样的动机？

现在，托比一边听着那个男孩的故事，一边满意地吃着东西。他竖起耳朵，听得比刚才更加专心了。只要有吃的，托比就能保证绝不插嘴。

“作为我的助手，那个男孩要做的工作其实很简单。”洛德先生继续用他刚才那种受伤的语气说道，“当我们早晨到达新城市的时候，他只需要帮我把货物摆放整齐，然后照看摊位，一直到晚上我们离开这个城市为止。至于剩下的时间，他都可以自由支配。可是，那个男孩却忘恩负义地逃跑了。”

洛德先生停顿了一下，似乎在期待他的小听众能够表示同情。托比倒是想摇头叹息，可是他忙着享用那意外得来的美味，嘴里塞满了东西，根本做不了额外的动作。

“现在，如果我告诉你——在我看来，你好像专门为马戏团糖果摊而生，如果我把这摊位交给你，让你帮我看管，你觉得这个主意怎么样？”

托比把一大口食物急匆匆地咽了下去，差点被噎着，赶忙用颤抖的声音答复道：“我愿意跟着你走，而且超级荣幸能有这个机会！”

“那就这么说定了，好孩子，你今晚就和我一起离开这个城市吧。”

第二章　离家出走

面对这个突然在他面前展开的美好未来，托比激动得难以自持。他试图表达感谢，却几近语塞，憋了半天，唯一能说出口的就是“我愿意立即为您工作！”。

“不，不，那不行！”洛德先生谨慎地说，“如果你那位丹尼尔叔叔看到你在这里工作，他可能会起疑心，那你就跑不掉了。”

“我觉得他不会花心思阻止我的……”托比自信地说，“因为他已经告诉过我很多次了，捡到我的那天是他的倒霉日。”

“咱们还是别冒险了吧，好孩子。”洛德先生拍了拍托比的头，语气相当和善。他又递给托比一张小小的硬纸片：“我这儿有一张马戏团的票，你今晚十点钟左右来找我。我会把你送上一驾马车，等到明天早晨，你的丹尼尔叔叔就很难找到你了。”

如果托比放任自己冲上脑门的兴奋之情，他很可能会跪下来，感激不尽地亲吻洛德先生的手。但是他不知道这种夸张的行为会不会吓到洛德先生，所以只好不停地保证他会准时到达约定的地点。

托比本想在糖果摊附近闲逛一下，以便深入了解这门生意。不过洛德先生建议他离开，免得丹尼尔叔叔看到他之后怀疑——一个早上不见人影，他到底在搞什么名堂？

马戏团有太多的东西令托比流连忘返，他在表演场地上走来走去，同时不由自主地流露出一副俨然马戏团主人的神情。他对正在发生的一切都倍加着迷，焦急地盼望着加入马戏团的计划能顺利进行，竟然——也许是有生以来第一次——忘记自己饿了。

这是真的！他——托比即将跟随马戏团一起旅行，即将成为马戏团的一分子，他以后每天都能看到马戏团里许许多多精彩绝伦的把戏了。

托比甚至对拴帐篷的绳索也产生了新的兴趣，在他面前那些忙碌工作的陌生人似乎也突然变成了老朋友们的面孔。托比心想，在这里走来走去却要装作无动于衷，是多么困难的一件事！更何况，控制住自己的脚，不让它走向糖果摊，是更加困难的一件事！就在那个摊位，他即将把诱人的美味卖给那些前来看戏的人们，而人们则会用惊讶而羡慕的眼光看着他！交上如此好运，他却不能告诉伙伴们，这是多么令人煎熬的事啊！但是，要想成功，必须学会沉默，托比把秘密藏在心里，不敢和任何熟人说话，生怕一不小心说漏嘴，暴露了自己。

那天中午，托比没有回家吃午饭。有一两次，他实在控制不住自己，于是便走到糖果摊边，故作神秘地向那小贩点头示意。对于绝大多数观众来说，下午的表演和往常没有什么分别，但对托比不同，他眼中的马戏表演简直就像镀上了一层令人心醉的光芒——迷人至极！他想象着每一位表演者都知道——泰勒·托比即将加入他们。当他经过马戏团那些装猴子的笼子时，他甚至觉得其中有一只老猴子对他的逃跑计划了如指掌。

当然，下午演出结束后，托比得回家一趟，以免丹叔叔对他迟迟不归的行为产生怀疑，同时还可以悄悄拿走一两件他觉得有用的东西——比如一艘模型船、一只风筝和一双溜冰鞋。托比离开马戏团之前，又一次偷偷溜到糖果摊边，压低声音跟约伯·洛德先生郑重其事地保证，他会在约定的时间出现。

洛德先生轻轻地拍了拍托比的脑袋，给了他两大块糖果，还对他眨了眨眼睛。由于戴着眼镜的洛德先生长了一双斗鸡眼，因此他做眨眼的动作相当艰难，这就更令托比感动和惊讶了。洛德先生向托比挤眉弄眼，虽然动作看上去一点儿也不优美，还很不容易，但是托比觉得他一定是想借此传达信息——“我，洛德，在这等着你哟！”

洛德先生怪模怪样的暗号，立刻让托比沉浸在巨大的喜悦之中。虽然他刚一到家，就遭到丹尼尔叔叔劈头盖脸的责骂，好在之前的喜悦完全冲散了挨骂的痛苦。

但是，慢慢地，快乐减弱了……到了晚上，托比感到心烦意乱。尽管即将跟随马戏团游历四方，尽管他原本的家既不幸福也不欢乐，但是他仍然为离家出走感到不安。平生第一次，他预感到自己要做伤害到其他人的事了。

当托比注视着丹尼尔叔叔那张严肃的面孔发呆时，他突然觉得这张脸好像也并没有那么冷酷可怕。当托比又想到自己也许再也见不到这张脸的时候，他的喉咙里仿佛长了一块疙瘩，心一下子沉重了起来。如果托比在这个时候能听到一两句温言软语，那么就算马戏团生活的前景再怎么光明，他也不想离开家了。

想到这，托比几乎吃不下任何东西，这种反常的状况引起了丹尼尔叔叔的注意。

“上帝保佑！这孩子怎么了？”年迈的丹尼尔叔叔问道。他透过眼镜看着托比面前盛满了食物的盘子，通常，托比在很短时间内就能把它清空。“你病了吗，托比？还是出什么事了？”

“不，我没有生病。”托比叹了口气，“我去过马戏团了，我在那儿吃了不少东西。”

“吓！你花了我给你的那一分钱，买到那么多好吃的，吃出病来了？”

托比想起他拿一分钱只能买到六颗花生。哪怕他仍然沉浸在对这个家恋恋不舍的情绪中，听了丹叔叔这番话，这时候也忍不住在心里顶嘴：不知道丹尼尔叔叔小时候只吃六颗花生，是不是就能吃出病来……

过了一会儿，没人关注他了，托比推开盘子，从桌边站了起来，怀着沉重的心情去做每天晚上的例行杂活——给家禽家畜喂食。

母牛和母鸡过来了，猪也来了，它们都得到了托比久违的亲切而又热忱的注视。这些动物虽然不会说话，但都是托比的知己，他曾把自己的悲伤向它们尽情倾吐。当整个世界都跟他作对时，当丹尼尔叔叔对他态度特别不好时，他总是幻想着这些动物能同情他、给他安慰。可是现在他就要永远离开它们了，也许以后再也见不到它们了。想到这，托比一边喂食，一边任由大颗大颗的泪珠从脸颊滑落。托比把马厩的门锁上时，听到马戏场传来了音乐声。他有点懊恼，因为这音乐意味着他即将从家离开，尽管这个家并不像一般人心中所想的那么温馨。

纵然万般不舍，但托比从没有考虑过跟洛德先生毁约。他回到自己的房间，收拾了一大包行李，从后门偷偷溜了出去，朝着马戏团的方向走去。

刚到马戏场，洛德就看见了托比，他把另一张票也递给托比，又从托比手中接过了行囊："我会把你的行李和我的货物一起打包，免得你把它弄丢了。现在你想不想吃点糖果？"

托比摇了摇头。他猛然间觉得自己的心和胃可能是相连的，离家的悲伤已经夺走了他对美味珍馐的所有渴望。至于洛德先生，得益于与男孩们打交道的丰富经验，他清楚地知道男孩们在开启马戏团流浪生涯的前夕一般都会想家，所以为了确保托比遵守约定，他这会儿对托比格外友好。

那天晚上是托比有生以来度过的最为漫长的一个夜晚。他在马戏团一个又一个的兽笼边徘徊，一会儿看看场上的表演，一会儿又回到小动物的身边，托比希望能把内心的阴霾驱散，高高兴兴地度过这一晚。

但这一切都是徒劳的，托比感觉喉咙里有个"疙瘩"越来越大，一想到即将要做的事情，他就感到这"疙瘩"马上就会喷涌而出。表演没法让他感兴趣，那些动物也

没法吸引他。托比反复来到关猴子的笼子旁，等到走到大概第四次的时候，他突然想起下午那只用同情的目光凝视他的老猴子，它的目光是那么悲凉——一定是因为它懂得托比心中所有的悲伤和困惑。

笼子周围没有人，托比使劲贴近铁栅栏。当他刚把小扁鼻子贴在铁栅栏上时，那只老猴子马上就从它荡来荡去的圆环上跳了下来，端端正正地坐到托比的面前，满怀同情地看着他。

此时，就算那只猴子开口说话，托比也一点儿都不会感到惊讶。但是，它没有说话，所以托比只好先向猴子发问了："你还记得吗？今天上午你见过我，是不是有人告诉过你，我要加入马戏团了？"

猴子没有回答，但是托比幻想它眨了眨眼睛，明白了一切。它看样子很同情托比，于是托比继续跟它絮絮叨叨地讲悄悄话："好吧，我就是你上午看见的那个家伙。我不介意告诉你，我很后悔这个决定，我现在不想跟那个卖糖的走了。你知道吗，今晚在餐桌上我差点哭了出来，而且丹叔叔其实真的很好很好……虽然我以前从来没有这样想过。不管怎样，我不想走，我觉得现在这个时机一点都不好。但是我必须走，因为我答应了那个卖糖的，而且他拿走了我所有的东西……"

说到这儿，大颗大颗的眼泪开始从托比的脸颊上滚落。当他不再说话时，猴子向他伸出了一只小爪子，托比无比动情地握着它，好像猴子是特意来安慰他似的。

“你真好，真好！”托比继续语无伦次地念叨着，“我希望能经常见到你，因为周围没有人的时候，你可能是我在这个大大的世界里唯一的‘朋友’了。一个人如果像我这样伤心，伤心得什么都吃不下，那就太糟糕了。不过现在好了，你陪着我，我也会陪着你，等我们再有这种伤心的感觉时，肯定不会有现在一半的糟糕。”

托比说话的时候紧紧地抓着猴子棕色的小爪子。现在他说完了，猴子把爪子缩了回去，但它仍旧用温柔的目光注视着男孩。

“大家都说我不会有什么出息，”说到伤心处，托比啜泣了起来，“丹叔叔也说我不成器，还不懂事，我觉得他们说得对。但是我告诉你，就算是懂事的好孩子，也不会比我现在更难过了。一想到我就要离开他们所有人，我就难过得不得了……”

这时，托比看见洛德先生进了帐篷，他知道这意味着整个车队马上就要启程了。

“再见，”托比想再次拉住猴子的手，却落了空，“请别忘了我跟你说的话，我想，就算以后托比·泰勒长到现在的两倍那么大，两倍那么棒，也不会比今天晚上更加难过了。”

洛德先生走过来，让托比准备出发，并且告诉托比现在要带他去见一个人，今天晚上他就和那个人同乘一驾马车。

托比用目光跟老猴子最后告别示意，猴子也在注视着他。托比跟着他的雇主走出了帐篷，一眼望过去，围绕在他们身边的，是马戏团准备撤离时留下的绳索、柱子和一片混乱……

第三章　夜行

洛德先生让托比乘坐的那辆马车，正巧是用来装运猴子的，托比欣然接受，觉得这是个好兆头。一整晚，亲爱的猴子朋友都将陪在托比身边，想到这里，托比感到一丝安慰。这辆车的车夫嘱咐托比留心观察，一看到他牵马走动，托比就要“眼疾手快，随时整装待发”，因为他“可没有等人的习惯”。

托比赶紧答应会照办，他也的确说到做到，一直紧紧跟在车夫身后，就算车夫想摆脱他，也摆脱不掉。

没多久，演出结束了，托比眼前逐渐展开了一幅古怪又新鲜的画面。观众刚一散场，还没有全部走完，拆帐篷的工作就开始了。只见大家七手八脚地拆掉了整个马戏团，并把各种物品打包成便携的形状，以便从一个城市运送到另一个城市。

托比忘记了自己的悲伤，忘记了自己正在离开他有生以来唯一可以称为“家”的地方——可以说，他忘记了关于自己的一切——他把所有的注意力都集中在了眼前的神奇场面上。

插在地上的火把依然伫立，像一排排队列严整的士兵，但之前照亮了马戏场内外的灯光已经熄灭，四周的帆布也被取下了，组成座位的木板被塞进一辆马车里，发出“咔嗒咔嗒”的声音，仿佛一连串火枪连续发射。人们互相高声嚷嚷着，马匹在人们的驱赶下跑来跑去，有的被装上了拉车的笼套，有的则在等待装货，一旦装满，就拉着巨大的货车立刻出发。这一切看起来好像极度混乱，实际上却是以一种极其有序的方式彼此协作、高速运转。

没过多久，车夫就告诉托比，出发的时间到了，然后扶他爬上一个狭窄的座位，这就是今夜他要待的地方。

一方面大概因为启程的场面太令人兴奋了，另一方面也因为座位狭窄，想要坐稳很是不容易，所以托比没时间去伤感了。前半夜悄悄爬上托比心头的思乡之情，现在他也顾不上去理会了。

长长的马车队伍缓缓驶出了小镇，当他们驶离最后一座托比熟悉的房子时，车夫开始跟托比攀谈。这是他出发以来说的第一句话：“小娃娃，咱们这种连轴转的工作，挺辛苦的吧？”

“是啊！”托比回答道。这时候，马车碰到一块石头，颠簸了一下，把他抛到空中。托比费了很大的劲儿才勉强再次坐回到座位上。他接着说：“这工作真是挺辛苦的。另外，我要告诉您，我叫托比·泰勒。”

话音刚落，托比听到了一种奇怪的声音，好像是从车夫的喉咙里发出来的。有那么一瞬间，托比甚至担心这位车夫是不是噎住了。不过，他很快就明白了，车夫只是想要大笑，但是又拼命忍住，托比瞬间觉得这种大笑的方法真的是不太高明。

过了一会儿，车夫终于忍住了笑，问道：“所以你不喜欢别人叫你小娃娃，对吗？”

“嗯，我想让别人叫我托比，因为那是我的名字。”

“好吧，我就叫你托比吧。我猜你肯定以为离家出走，加入马戏团是件好事，对不对？”

听了这话，托比吓得立刻站了起来，小心翼翼地环顾四周。他们座位后面的笼子上面有个被铁棍围起来的小方孔，托比此时直想透过小方孔往笼子里张望。慌乱了一阵，托比慢慢转过身来，压低了声音，向车夫耳语道：“你怎么知道我是离家出走的？是他告诉你的吗？”托比用大拇指比了比身后的方向，仿佛那里有人。

现在轮到司机环顾四周，寻找托比所说的“他”了。

“你说的是谁？”车夫找不到“他”，烦躁地问道。

“你看啊，就是那个‘老家伙’，车上笼子里的那个。我觉得它知道我的逃跑计划，虽然它什么也没说，但它看上去什么都知道。”

司机惊愕地看了托比一会儿，然后好像突然明白了这男孩的意思，他又开始大笑，笑得浑身抽搐，血涌上头，涨红了脸，看起来就像在大发脾气。

“你说的一定是笼子里的猴子吧？”车夫之前那无声的大笑让他喘不过气来，现在终于恢复了正常呼吸，就对托比说，“随便哪个傻瓜，只要看你五分钟，就能看出来你是离家出走的，你却以为是那只猴子告诉了我！”

“其实呢，”托比停顿了一下，生怕说错什么话会再次引爆车夫古怪的大笑，“我今晚见过那只猴子，它看起来好像知道我在干什么，所以我就把一切都跟它讲了。我还以为它不会告密呢，它看起来不像是个坏家伙。”

车夫听着托比絮絮叨叨的讲述，仿佛身体内又发生了一次地震，不出声，但浑身乱颤。不过托比这次不害怕了，他已经习惯了。车夫终于笑完了，对托比总结道：“你是我见过最古怪的小家伙。”

“我想我是挺古怪的。”托比长长地叹了口气，“我似乎没有其他人那么有出息，大概因为我总是饿。你知道吧，丹叔叔说我吃得太多了。”

听到托比哀伤的自我告白，车夫二话没说，从衣服口袋的最深处掏出一个巨大的甜甜圈，递给了他的小同伴。托比这时候的心情已经不那么紧张了，晚饭时丢失的胃口现在全回来了，他狼吞虎咽，三两口就吃完了甜甜圈。

“你太小了，不能吃这么快。”当托比吃完最后一口油乎乎的甜甜圈时，车夫警告道。可是他一边这么说，一边从口袋里又拿出一个甜甜圈递给托比：“如果你得到一个橡胶甜甜圈，就是他们给马戏团演员表演吃的那种，要是你还像现在这样吃得这么急，会噎死的。”

托比摇了摇头，用同样的速度瞬间吃完了第二个甜甜圈。他咽下最后一口，伸长了脖子，发出了滑稽的“吱吱”声，就像鸡吃了一大口面团后发出的“吱吱”声一样。

“我不会噎死的。”托比自信地说，“我已经习惯吃这么快了。丹尼尔叔叔说，我可以吃掉一双靴子也不皱一下眉，不过我不太相信他的话。”

车夫没有回应，于是，托比也不再说话，他蜷缩在座位的一角，开始兴致勃勃地观察周围的一切。每辆马车的后轴上都系着一盏灯笼，往前望去，漫长的马路上有一连串同样的灯笼，仿佛一群萤火虫在列队远行。路边的树木伫立在黑暗中，姿态怪异，好像幽灵一般，前后马车的隆隆声给这幅画面配上了伴奏，听起来有一种奇怪的忧伤。

在一片寂静之中，车队一英里[1]接着一英里地向前行驶。车夫偶尔吹几段曲调凄凉的口哨，让托比听了忍不住地颤抖，内心充满悲伤。从吉尔福德镇到下一场演出的城镇有十八英里的路程，托比每每望着眼前的路，就感觉时间仿佛变得绵延无尽。他蜷缩在角落里，准备睡觉。可是很不巧，每当他的眼皮开始变得沉重，马车就会上下颠簸——不是碰到石头，就是陷入车辙——托比被颠得几乎无法呼吸，脖子都快脱臼了。他只好笔直地坐着，两只手紧紧抓住座位，时刻为掉进泥里准备着。

一路上，车夫时不时打量托比，一看到这个昏昏欲睡的小娃娃被颠得完全清醒过来，他就忍不住放纵地无声大笑，托比不禁怀疑他是不是中了无声大笑的魔咒，甚至一度担心他是否可以恢复正常。每次被震醒，托比都能看到车夫幸灾乐祸的样子。最后，他决定强忍着睡意，保持清醒，不让车夫再从他身上找乐子。

托比觉得要想保持清醒，最好的办法是一直聊天，于是他问车夫：“你叫什么名字？”

“这个嘛，”车夫小心翼翼地把缰绳握在手里，似乎

---

① 英里，英美制长度单位，1 英里合 1.609 千米。

在犹豫该如何回答这个问题，“我也不知道，我已经很久没听到自己的名字了。”

听到这个奇怪的回答，托比好奇极了，一下子睡意全无。关于车夫名字的疑问占据了他的头脑，久久挥之不去。托比默默想了一会儿，换了一种问法：“人们想和你说话的时候，会怎么称呼你呢？”

“他们一般会叫我老本，我已经完全习惯了这个名字，不需要别的名字了。”

托比很想继续问下去，但他明智地觉察到他的同伴并不乐意继续这个话题。

“我要去问问那个‘老头’，”托比心想，“那个老头”是指那只老猴子，托比感觉跟它已经熟识了，“它应该知道车夫真实的名字，要是它能说话就好了。”托比兀自思考着，两人的对话暂时停止。

过了一会儿，托比试图再次打开话匣子：“咱们要赶的路还挺长的，对吧？”

“你在这一行里再干上一两年，”老本用一副过来人的睿智口吻说道，“你就不会太在意了。怎么讲呢，且不说这些城镇相距几十英里吧，想当年我们干活也是生龙活虎的。后来，整夜驾车，整天工作，慢慢就把人的劲儿磨掉了，现在就什么都无所谓了。”

“是啊，我想是这样的。”托比叹了口气，他不知道自己将来是不是也得这样日夜卖命，于是努力让自己去想象这份工作光明的一面。托比继续询问老本：“不过，我猜，你想吃什么就能吃什么，对不对？”

“这下你可说对了！”老本来了精神，好像要把整个世界的智慧都传授给托比一样。他把一条腿搭到另一条腿上，这样的话，在引领托比走进人生奥秘大门的重要时刻，他就能够保持一个舒服的坐姿。“自从我进了马戏团，所有的小孩，都坐过我的车。我倒是想让他们开个好头，但是呢，他们没学乖，在能捞好处的时候，什么也没做，最后就只能对马戏团心生厌烦，然后一个接一个地逃跑。现在，托比，你听我的，记住我说的话。你看，他们让我们所有人住在同一家旅馆，但有些旅馆不会给我们太多吃的。每到一个新城市，你就先去搞清楚旅馆里什么时候上菜，然后呢，你就做好准备，到时候第一个进餐厅，能吃多少就吃多少，吃完再把口袋也装满。”

“跟着马戏团巡游，是不是只需要做这些工作？”托比说，“如果是这样，那太适合我了。你知道吗？我以前从没想过要加入马戏团，可是我一直都是这么做的，吃得很多。”

“那你在这儿准错不了。”老本一边鼓励托比，一边拉动缰绳，让马慢下来。他仔细看了看前方，把车队领向道路的一边，又说："我们大家今天晚上就在这里停下吧。"托比这才知道，马戏团一旦到达离城几英里的地方，整个队伍就会在路边停下，直到进城游行开始。到了那个时候，每一辆车、每一匹马、每一个人都会打扮得花枝招展，就像他们进入吉尔福德镇时那样。

在老本的指引下，托比用一个旧毯子把自己包裹好，躺在马车的顶上休息。刚刚过去的这一天一夜，发生了太多让他激动的事情，托比现在筋疲力尽，几乎没怎么把身体舒展开就睡着了。

第四章　马戏团里的第一天

托比醒来时，几乎忘了自己身在何处，也忘了自己是怎么来到这里的。他往前后看了看，目力所及的范围内，整个车队的马车都停在路的同一边。人们走来走去、忙忙碌碌，有人在大声地发号施令。这一切都表明，马上就要进城了！

托比所在的马车前面是四头大象和两只骆驼，托比的背后则是几匹小马，它们正心满意足地咀嚼着早餐。有人在给成群的马匹梳理鬃毛，路上到处散落着马鞍、旗帜和装饰品。托比注视着眼前的一切，越看越觉得像是发生了什么“事故”，他面前简直就是一片狼藉的“案发现场”，不，这不是昨夜那种表面混乱但内里协调的状态。

当初，马戏团进入吉尔福德镇的时候，车队大放光彩，五花八门的展示让每个人都眼花缭乱，而现在一切看起来实在是大不相同！那时候，车队的马匹在华丽的装饰下欢快地昂首阔步，马车上的玻璃、金箔和旗帜闪闪发光，步履缓慢的大象和动作笨拙的骆驼披着图案精美的天鹅绒织绣，连马车夫也光彩照人，身穿鲜红或金黄的制服。而现在，在清晨微弱的光线下，一切都变了。马匹疲惫不堪、满身泥泞，套着又旧又脏的马具；镀金的双轮敞篷马车上覆盖着溅满了泥点的帆布，看着就像集市里最普通的拉货马车；大象和骆驼模样肮脏，令人生厌；车夫们则是一群无精打采的俗人，只穿衬衫、没穿外套，他们正准备换一身行头，好让镇上的居民眼前一亮。

托比从他那高高的“床”上跳了下来，揉了揉眼睛，想让自己彻底清醒过来。接着，他在老本的指引下，走到附近的一条小溪洗了把脸。他在马戏团才待了不到十个小时，却已经模糊了马戏团在他眼中曾经熠熠生辉的形象。他想念自己那舒适的小床，想念家里安静整洁的环境，更想念摆放着食物的餐桌。尽管在丹尼尔叔叔那里，他感觉缺少父母的关爱，但是比起这里的情形——没人在乎他，甚至没人在乎去责骂他，丹尼尔叔叔的家似乎是一个友好而充满爱的地方。他非常想家。

托比在小溪里洗脸的时候，看见几个从城里跑出来的男孩，他们这么早出城，就只为了第一时间目睹马戏团的风采。托比立刻发现自己是他们羡慕的目标。他听其中一个男孩惊奇地大喊："看啊，马戏团里有一个小家伙！我要去跟他说说话。"

孩子们的脸上流露出对托比赤裸裸的羡慕，托比感到十分骄傲与满足，这是他离开家以来得到的最大的安慰。托比希望这些孩子们能走过来，和他说说话。为了给他们创造机会，托比故意放慢洗脸的速度。

男孩们怯生生地靠近托比，好像在怀疑托比是不是跟他们一样有血有肉的真人。当他们走近托比，发现他洗脸的动作和任何一个有教养的小男孩都一样时，他们露出了惊喜的神情，那个之前说要跟托比"说说话"的男孩羞怯地搭讪道："你好！"

"你好！"托比回应道，语气中充满了鼓励，仿佛在邀请他们多说几句话。

"你是马戏团的吗？"

"是……是啊。"托比迟疑地说，他有点不确定自己算不算马戏团正式成员。

于是，男孩们又盯着他瞧，好像他是一只长相奇特的动物，那位之前主动打招呼的小男孩深吸一口气，无比羡慕地说："天哪！你肯定爽翻了！"

就在昨天，托比自己也认为小孩在马戏团里一定会过得很开心，现在他觉得这种想法是多么可笑，多么错误啊！但是他决定不在新朋友面前戳穿这个假象。

“他们会让你吃青蛙吗？吃了青蛙，你的身体就会变得柔软吗？”

一提到吃，托比就饿了，他饿得都意识不到自己在回答问题了，答案脱口而出：“别说吃青蛙了，只要给我东西吃，我什么都能吃。”

孩子们把这当作问题的真实答案，深信马戏团里杂要演员们的身体灵活度是由他们所吃的青蛙数量决定的，男孩们不禁用充满敬畏的眼光看向托比。

托比本来想把真实情况告诉这些同龄人，可是就在这时，他听见约伯·洛德先生叫唤他的刺耳声音，于是他匆忙离开，开始了第一天的工作。

在吉尔福德镇期间，在托比完全落入他手心儿之前，托比的这位雇主一直是个和蔼可亲的人。可是现在洛德先生完全换了一副模样，他看起来很生气，行为举止也显得很生气。没多久，托比就发现，他是真的在生气。

洛德先生对着托比那毫无招架之力的小脑袋肆意咒骂，托比一生中从没听到过这么多的恶言恶语。他埋怨托比没有在他身边随时帮忙，而他还得花时间、花力气到处去找托比。

托比解释说，他没去帮忙是因为不知道自己该做什么，而且他老老实实地待在洛德安排的马车上，这会儿下车来只是为了洗脸。但是愤怒的洛德听了这话，反而变得更加愤怒了。

“洗脸，是吧？我猜你是想把自己打扮成一个花花公子，想把你那张‘麻子脸’[1]浸到你遇见的每一条小溪里去，是吧？我很快就会打破你那不切实际的幻想，我不会让你在洗脸上浪费时间的，你越早明白这个道理，对你越有好处。”

托比生气了，他还没有意识到自己已经被这个人完全掌控了，他大声反驳道：“就算我脸上长斑，我也不会顶着一张脏脸到处走。我拿每周的这一美元工钱跟你打赌，你要是以为我会这么邋遢，你就错了，就是这么简单。要是别人知道你没洗手就去抓糖，有几个人会买你的糖？”

“好啊！我选回来了个‘布道牧师’，是不是？现在我要让你明白，你这个矮脚鸡，道理是我来讲，生意是我来做，轮不到你指手画脚。要让你明白这一点，最快的办法就是这样……”洛德先生说着，伸出一只手抓住托比的衣领，另一只手拿起一根细细的橡皮手杖，狠狠地打在托比身上，托比身上从头到脚每一个地方都没有被放过。

① 托比脸上长着很多雀斑。

可怜的托比每挨一下打都痛苦不已。但他明白，洛德想要逼他哭喊求饶。他下定决心，不让这个恶霸得逞，于是托比紧紧闭上了嘴唇，一声也不吭。

托比的倔强更加激怒了洛德，这个残暴的家伙打得更快、更用力了！幸好老本在这时出现，一下子扭转了局面，不然，真不知道最后会是什么结果。

“约伯，你又在耍你的老把戏——鞭打小孩了！”老本说着，就从他手里夺过手杖，把他控制在一臂远的距离，以免他再次伤害托比。

洛德努力想挣脱老本的控制，他为自己辩解，说既然这个男孩是他的伙计，他觉得怎么处置合适就可以怎么处置。

“听着，洛德，”老本严肃地说，仿佛在说什么古老的智慧，“我以前也干涉过你，但现在我郑重警告你，你必须停止每天早餐前打小孩的游戏。你去跟这孩子说清楚，你想让他干什么，他要是不干，你就开除他。要是再让我看见你随便揍他，我就立刻出来跟你算账，听见没有？”老本摇晃着已经吓破胆的小贩，仿佛在教训一个犯错的孩子。

随后，老本又对托比说：“现在嘛，我的孩子，你去干你该干的事，如果他再打你，我会出来跟他把账算算清。”

W. A. ROGERS

“我……我不知道我该干什么。”托比抽泣着说。洛德先生打他时，他很坚强，咬紧牙关没有出声，但现在善良的老本却让他情不自禁地哭了出来。

“你告诉他该干什么。”老本严厉地对洛德说。

“他得去干活——先洗玻璃杯，然后把绿箱子里的东西给我收拾好，这样我们一进城就可以开始卖东西了。”洛德先生咬牙切齿地说。他指着一个已经从一辆大车里取出来的绿色大箱子，托比看到里面装满了脏玻璃杯、勺子、刀子和其他一些做生意需要的物件。

托比到溪边取了一桶水，找到了毛巾和肥皂，开始专心干活。托比干得太投入了，就连洛德从他身边经过，也忍不住发出满意的啧啧声，尽管他为没法教训托比而生气——打骂托比原本可以释放他的坏情绪。

等到马戏团游行队伍准备进城的时候，托比已经把他认为需要做的工作全部做完了，而他的主人则阴着脸，含糊其辞地承认说他新雇的这个男孩比以前任何一个都干得好。

虽然得到了肯定，托比却一点也高兴不起来。他想到自己刚刚所遭受的毒打，既愤怒又悲伤。托比现在有足够的时间来后悔自己离家出走这一鲁莽举动。虽然他还不知道该如何摆脱现状，但他觉得自己不能再回吉尔福德镇了，因为丹尼尔叔叔不会再接纳他了。他意识到自己在这个广阔的世界上既没有家也没有朋友了，于是，滚烫的泪水顺着他的脸颊像小溪一样流了下来。

正当托比流泪反思的时候，彩旗飘扬、花花绿绿的游行队伍进了城。要是换一种处境，托比一定会觉得这一天非常幸福，因为每次马戏团来到吉尔福德镇，总会给他带来实实在在的快乐。但是现在，他却成了人群中最闷闷不乐的孩子。

托比没有跟着游行队伍走完所有路线，因为洛德先生急于做买卖。马戏团刚一安营扎寨，洛德先生就把装载自家货物的马车赶进了营地，托比也就开始了他一天的工作。

托比负责端水、切柠檬，把水果从大帐篷里面的摊位运到外面的摊位。到最后，他累得站都站不稳，因为没有时间吃早饭，他都快要饿死了。

直到过了中午十二点，洛德先生才放他去旅馆吃点东西，于是，老本昨晚告诉他的那个“第一个进餐厅”的建议没有用了。但是那天在吃饭的人群里，托比的表现让服务员、马戏团员们，甚至连他自己都吓了一跳。等他从餐桌边站起来的时候，口袋装满了，肚子快要撑破了。在他吃饭的时候，服务员已经将摆桌和清理的工作进行了两遍啦！

托比回到马戏团场地，洛德先生阴沉着脸：“看来，你吃饭时不怎么着急啊。”

“不，我是想快一点的，”托比天真地回答道，“我用最快的速度吃了饭。”想到自己痛痛快快地吃了那么多食物，男孩脸上露出了满意的笑容。

托比丝毫不揣度老板意图，如此老实作答，着实没法让洛德先生对这位新雇员产生好感。洛德先生于是气急败坏地说：“看来要让你吃得满意，可得花一大笔钱。”

“我想是的，”托比平静地说，“我的好朋友山姆经常说我像奥利弗阿姨和丹叔叔，他俩一个吃饭吃很久，一个吃饭吃很快。”

洛德先生又说了一些话，托比没怎么听明白，但他明白当洛德在对某个人或某个事物生气时，他就得格外努力地让他的主人消消气。托比招呼那些聚过来的孩子，向他们兜售货物。等客人把饮料一喝完，托比就赶紧清洗水杯，尽量不让苍蝇靠近，他想尽一切办法来讨好他的主人。

第五章　十美分假币

马戏团帐篷的门刚一打开，人们就拥了进来，和托比在吉尔福德镇看到的场景一样。洛德先生这时候宣布，托比该进帐篷里去工作了。直到此刻，托比才意识到自己有两个主人，洛德只是其中一个，这让他忐忑不安。如果另一个主人也像洛德先生一样，他的命运就会加倍地悲惨，他开始怀疑自己是否还能再忍受一天。

当托比沉重地走向帐篷里的糖果摊，准备去履行自己的义务时——他正是为了这份义务才离家出走的，他想停下来和那只老猴子说几句话，因为托比认为它很关心自己。但是当他走近关着这位朋友的笼子时，发现周围挤满了人，所以，他要想靠近猴子，跟它说悄悄话而不让旁边的人听到，是不可能的。

小家伙感到非常失望，泪水在他眼眶里打转，幸好这时候那只猴子向他望了一眼，要不然，眼泪很快就会从他的脸颊上滚落。托比把猴子刚刚看他的那一眼想象成无比友好的安慰，他甚至确信猴子向他眨了眨眼。“对，我没有看错，”托比心想，“它对我眨眼示意，一定是知道我现在很难受，所以特意来安慰我。”他拿出最郑重其事的态度，向猴子眨了眨眼，作为回应。托比觉得已经得到了充分的安慰，于是继续往前走。

帐篷里面的工作与外面的工作大不相同，难度也大得多。托比需要端着一盘盘待售的糖果、花生和柠檬水在观众席间叫卖，他需要把“产品介绍”大声地喊出来。洛德先生的搭档负责帐篷里面的摊位，他跟洛德先生真是半斤八两、不相上下。他递给托比一个装满柠檬水的托盘，命令托比走到观众中间大声喊：“冰镇柠檬汁来啦，只要五美分一杯！”

托比很想照他吩咐的那样工作。但是当他想要大声吆喝叫卖的时候，这些话却卡在喉咙里出不来了。不管怎么努力，他都只会轻声嘀咕，再响亮一点的声音就完全发不出来了。托比感觉没人在看表演，仿佛观众席上的每一个人都在盯着他看，而当他稍微大声地喊出某个字的时候，就被自己的声音吓了一跳。

托比绕着帐篷转了一圈，没有卖出去任何东西。回到糖果摊后，他立刻明白，这位主人和外面那位主人一样坏。托比知道这位主人名叫雅各布斯，因为他听到有人这样称呼他。雅各布斯先生用从牙缝里挤出的声音简单明了地告诉托比——要是他再卖不出东西，他就会把托比身上的每根骨头都打断。托比很确定这位主人会说到做到。

托比怀着沉重的心情，按照愤怒的雅各布斯先生的命令，又去观众席走了一圈。这一次，托比终于喊出了他必须重复的那些话，尽管声音很不自然，又尖又细。

这一次，也许是因为托比那楚楚可怜的眼神——肯定不是由于他尖细的嗓音——他碰上了好运，把洛德先生和雅各布斯先生称为柠檬汁的那些混合物全卖光了，然后他返回摊位，去取更多的柠檬汁。

当托比把空杯子和钱放在雅各布斯先生的面前时，他觉得自己的表现应该能换回一句夸奖。然而，托比等来的不是他满心期待的赞扬，而是一连串的咒骂。原来他收了一块铅做的假币，足足有十美分，是两杯柠檬汁的价钱。雅各布斯先生把可怜的小托比骂了个狗血淋头，发誓说这笔钱要从他第一个星期的工资中扣除。他又让托比把这块假硬币塞给待会儿第一个让他找零的人，还说如果托比不照做，就会受到最严厉的鞭打惩罚。

可怜的托比试图解释："我……我对钱一点也不熟悉，

我拿过的钱从来没有超过一美分，你不能指望我一下子什么都知道。”

“你再这样，我就把你吊起来打。你给我试试看，待会儿要是还拿着那十分钱回来，有你好受的！”

托比心里很清楚，如果明知这枚硬币是假币，还把它塞给别人，那是犯罪！托比决定，决不把假钱递给下一个无辜的顾客，而是要去找到之前给他这枚假币的人，并说服他换成真币。如果不成功，托比打算自己承担雅各布斯先生所说的后果。托比清楚地记得他卖掉每一杯柠檬汁的地点，他原路返回，走过观众席时仔细地察看每一张脸。最后他确信找到了那个给他惹了大麻烦的人。托比爬上座席，站在那个人面前，拿出假币说：“先生，您给我的这钱是假的。您能给我换一个硬币吗？”

那个男人长得五大三粗，带着女伴来看马戏，看样子根本不打算回应托比的请求。托比又说了一遍，这次声音更大了。

“让开！”那人生气地说，“你站我面前，我还怎么看表演？”

“如果您能把这十分钱给我，”托比诚恳地说，“您会更享受这个表演的。”

“滚出去，别烦我！”那人生气地大吼。

小家伙开始担心自己待会儿可能真的要“滚出去”了，而且是空手“滚出去”。这情形令人绝望，这人的脾气丝毫不比雅各布斯先生好。如果托比不能尽快把假钱换成真钱，他就不得不回去接受惩罚。

“求求您，先生，”托比哀求道，心情开始变得愈发沉重，他太害怕没法交差了，“您能不能把钱换给我？您知道这钱是您刚刚给我的，如果您不把真钱换给我，我就得自己垫上了……”

托比说话时，嘴唇都在颤抖。周围的人也逐渐注意到了这件事，坐得最近的几个人不由得义愤填膺，说一个大男人竟然用假币去骗一个小男孩的十美分，实在是太不像话了。

和托比对峙的那个男人原本打算继续用愤怒的恐吓把托比打发走，却发现周围的人不仅注意到了这件事，而且显然都站在男孩这边。他自知理亏，只好一边从口袋里拿出另一枚硬币递给托比，一边说：“我没有给你假币，但是你在这里大吵大闹，影响我看表演。所以我把这十美分给你了，让我清静清静。”

“我确定这个假币真的是您给我的，”托比开心地接下真币，“我很感谢您把它又拿回去了。我刚刚怕您以为我在要挟您，就没告诉您，您要是不把真钱给我，我就会被狠狠抽一顿鞭子……真的，雅各布斯先生真的这么说了，如果我拿不回真钱，他就会修理我。”

那个男人把假币放回口袋，看上去十分难为情。托比这番天真无邪的话语，同时也让周围的观众对他既是同情，又是心疼。所以他不仅把自己的货物全部卖完了，还从一位绅士那里得到了二十五美分的小费。当他带着一堆空杯子以及换回的真钱回到雅各布斯先生身边时，他感到既骄傲又高兴。

但是洛德先生的这位合伙人对这个努力讨好他的男孩没有说一句鼓励的话。

“这下你可学会睁大眼睛了吧。”他用阴郁而低沉的口吻威胁道，“如果你再上这样的当，我绝不轻饶！”

可怜的小托比，他的心都要碎了！

过去这几个小时的经历让托比明白，眼前只有一条出路，那就是用尽全力工作，同时等待好运降临，把他从目前的“罗网”里解救出去，虽然这是他自己钻进去的。

托比拿起雅各布斯先生递给他的一篮糖果，在座席间艰难地走来走去，好歹是卖出去了一些。人们买这些糖果，大多是因为看到托比一副可怜相，而不是因为糖果本身有多好吃。谁料，这种状况对托比更加不利。雅各布斯敏锐地观察到这位小售货员能卖掉这么多东西的真正原因，于是托比每次回到摊位，他都会愤怒地训斥托比一番，这样一来，托比脸上的阴影更浓了，而交易量却在不断增长。

演出结束时，托比的口袋里已经装了一美元二十五美分，这是一些心地善良的观众给他的。他几乎一刻不离地用手捂着那些钱，因为在他心中，这些钱就像是某位善良的朋友，将来可以帮助他摆脱目前的困境。

观众散去之后，雅各布斯先生让托比继续干活——洗杯子、收拾东西。干完这一切，托比又得马不停蹄地走向糖果摊的另一“分店”——洛德先生那里。帐篷里面只剩下守夜人，托比向门口走去时，看见那只他当作朋友的猴子正坐在笼子的角落里，好像在观察他的一举一动。

托比看到猴子，就像看到家里的小伙伴一样激动。他发出一声惊喜的尖叫，跑到笼子前，把手伸进铁丝网。

猴子用非常庄严的姿态，把托比的食指攥在自己爪子里，托比认真地和猴子握了握手。

“很抱歉，我今天中午进去的时候没能和你说话，”托比向猴子认真道歉，“但是，你知道的，那会儿好多人都围着你，我找不到机会过去。你看见我对你眨眼睛了吗？”

猴子没有回答，但是它挤眉弄眼，做出一个可笑的鬼脸。托比很满意，就像听见它说话一样开心。

“我想知道你是不是史蒂夫·斯塔布斯的亲戚？”托比继续认真地说，“因为你长得和他一模一样，只是他嘴边没有你这么多胡子。唉，其实我想跟你说的是，我很后悔离家出走。我过去常常以为丹叔叔已经够坏的了，但是比起洛德先生和雅各布斯先生，丹叔叔简直是一个完美的好撒玛利拉人[1]。每当洛德先生用他邪恶的眼神看着我的时候，我连靴子里的脚趾头都能感觉到不舒服……你知道吗？”托比把嘴凑近猴子的脑袋，低声说道：“如果有机会的话，我会从这个马戏团里逃跑的。你要不要跟我一起逃跑？”

听到这话，猴子仿佛想要回答似的，立刻站立起来，把爪子伸向托比。托比认为猴子这么做，等于说了“我愿意”，并且还用这种夸张的姿势表明它的决心。

托比把猴子的爪子放在手心，认真地握了两下，然后他松开猴爪。“斯塔布斯先生，今天中午我经过你身边时，我敢肯定你的感觉和我差不多。你看，”托比从口袋里掏出了好心的观众给他的钱，“这是我今天下午挣到的钱，我会努力坚持下去，直到我攒够十美元，然后我们就挑一

① 托比想说的是“好撒玛利亚人（good Samaritan）”，但口误说成了“好撒玛利拉人（good Samarathon）”。“好撒玛利亚人”是西方文化中好心人的常用说法。

天晚上，跑得远远的，就像……就像最远的西部那么远。我们在那儿可以一直待下去。”

猴子先生可能因为长时间保持一个姿势觉得累了，起身向笼子的顶端走去，一边走，一边叽叽喳喳地叫着。其他猴子在秋千上已经聚成了一团，这只老猴子也加入进去交流打闹。

“喂，斯塔布斯先生，”托比突然惊恐地说，“这件事你可不能逢人就讲。不然洛德先生会知道的，那样我们就完蛋了，我敢肯定。”

猴子静静地坐在秋千上，好像明白了男孩话中的含义。托比为他的沉默感到宽慰，他一边朝门口走去，一边自言自语：“这就对了，守住秘密。你保持沉默，我也是，很快我们就可以远离这帮人了。”

所有的猴子都在喋喋不休，托比相信这些动物已经明白他所说的了，就走出门去见他另一个主人。

第六章　温柔的骷髅先生

托比刚从帐篷里出来，洛德先生就对他发出了警告：“好哇，懒骨头，既然你浪费了这么多时间，那现在你就一个人在这里看摊吧，我要去吃晚饭了。今天中午你把自己喂得那么饱，晚上你干脆什么也别吃了，这样才能好好地接受教训，知道以后腿脚要麻利一些。”

托比还没有习惯雇主们如此粗暴的对待。每听见一句狠话恶语，他的心就变得更软弱敏感一些。最新的惩罚——剥夺他的晚餐——更是让这个可怜的男孩心里比挨打还要悲伤。洛德先生把这一番恶狠狠的斥责发泄出来之后，径直向旅馆走去。可怜的小托比则走到柜台后面，把头靠在粗糙的木板上哭泣……

之前幻想中马戏团生活的光明和快乐全都消失了，取而代之的是无穷的痛苦与悔恨。他恨自己竟然忘恩负义地离家出走，他怎么能如此报答丹尼尔叔叔的善心！托比回忆起丹尼尔叔叔简陋的家里有一张属于他的小床，不禁幻想：要是能让他的小脑袋再次被那张床上柔软的小枕头包围，他保证会成为全世界最开心、最乖的男孩。

托比哭得正凶，忽然听到身边有个声音，他抬起头，看到了他这辈子见过的最瘦的人。这人穿着肉色的紧身衣，除此之外，浑身上下唯一的装扮就是一件闪闪发光的红色天鹅绒披挂——这披挂不能算是裤子，因为没有裤腿；也不能算是外套，因为高度都不及腰。

这人瘦得实在惊人，穿着打扮又是如此怪异。托比看了看另一个帐篷前面挂着的鲜艳海报，顿时明白了，站在他面前的是“活着的骷髅先生”。他盯着骷髅先生不住地打量，棕色的大眼睛不由得睁得更大了。

“怎么了，小家伙？”这人的语气倒是挺和善的，“你怎么哭成这样？约伯又玩起了他的老把戏吗？”

“我不知道他的老把戏是什么——”托比抽泣着，感受到这位骷髅先生声音中对他的同情，他的眼泪又流了下来，“但是我知道他是个卑鄙、丑陋的东西——这一点我知道！如果我能回到丹叔叔身边，世界上所有马戏团的大象加起来，都没法再把我拽走！”

“哦，你离家出走了，是吗？”

“是的，”托比啜泣着说，“我读过的任何一本主日学校[1]的书里，没有任何一个男孩会有我现在的一半后悔。呜呜呜，太糟糕了，他们现在不让我吃晚饭，仅仅因为我停下来和斯塔布斯先生说了会儿话。”

“斯塔布斯先生是你的朋友吗？”骷髅先生一边问，一边坐在洛德先生的私人专用椅上。

“是的，它是我的朋友，整个马戏团里，只有它会为我感到难过……对了，你最好不要让洛德先生看见你坐在那张椅子上，不然他会大吵大闹的。”

“约伯不会跟我吵架的，”骷髅先生说，“可是这位斯塔布斯先生是谁呢？我好像不认识叫这个名字的人。”

“那应该不是它的名字。我这么叫它，只是因为它长得特别像我认识的一个叫斯塔布斯的人。”

骷髅先生一听这话就明白了，这位斯塔布斯先生一定是跟马戏团有关的人。他接着问：“约伯一直在拿鞭子打你吗？”

“也不是，我所坐那辆马车的车夫老本不准他再这么做了。但是他现在不让我吃晚饭，因为我干活太慢了——

① 主日学校，英美等国在星期日为在工厂做工的青少年提供教育的免费学校。兴起于18世纪末，盛行于19世纪上半期。教材多是道德说教故事。

其实我不慢，我只是当斯塔布斯先生的笼子周围没有人的时候和它说了会儿话。”

“萨姆！萨姆！萨——姆——尔！”

这个名字被接连叫了三遍，前两次喊得又快又响，第三次喊得很慢，结束时几乎是掐着嗓子尖叫。喊叫声不是来自托比，也不是来自骷髅先生，而是来自一个身材极其高大的女人。她穿了一条花哨的红黑色的连衣裙，裙摆很短，领口很低，还有一对勉强充当袖子的东西。她刚从那个挂着骷髅图案的帐篷里走出来。

“萨姆尔，”她又尖叫起来，“马上进来，不然你会得感冒死的，你会害结核病，整晚喘个不停。快进来，萨——姆——尔——”

“别害怕，”骷髅先生对托比说，他拿大拇指冲着那位胖女士的方向指了指，但是没有理会她的抗议，“她是我的妻子莉莉，在马戏团里扮演胖夫人。每次我刚一出来呼吸新鲜空气，她就这么对我吼，而且总是说同样的话。上帝保佑，我从来没有得过肺结核，她才是得过结核病的那一位。”

“那……那么大的……那个人是你妻子？”托比结结巴巴地问。他惊讶地看了看站在帐篷门口那个无比肥胖的女人，又看了看坐在他旁边的这个无比瘦弱的男人。

“是的，就是她。”骷髅先生满脸骄傲，“她差不多有400磅[①]，不过马戏团广告嘛，肯定要多说一点，所以就说她超过600磅重；她挣的钱几乎和我一样多。当然，论挣钱嘛，还是我稍胜一筹，因为瘦成骷髅的人比胖子要罕见得多。不管怎样，我俩很开心能一起巡游。”

“萨——姆——尔！”胖夫人又喊道，“你打算永远不进帐篷里来了吗？”

“再等等，我的天使，”骷髅先生温和地说，他把一条瘦腿搭在另一条腿上面，平静地看着她，“过来看看约伯新招的男孩。”

“你这么不注意身体，我急得都要瘦了，再瘦下去，我的身价都要跌破一周五块钱了，我看没多久，任何马戏团都不会高价聘请我了。”胖夫人不耐烦地说，同时快步走向糖果摊，虽然她身形巨大、行动不便，还是用最快的速度走了过来。

“这是我的妻子莉莉·特雷特夫人。”骷髅先生说完，骄傲地向胖夫人挥了挥手，又从座位上站了起来，用充满爱意的目光注视着她，“这是我的鲜花——我的王后——嗯，您是什么先生来着？”

① 磅，英美制重量单位。一磅合0.4536千克。400磅约181.4千克。

“泰勒，”托比把自己的名字告诉了骷髅先生——或者应该叫他特雷特先生，托比现在已经知道他的名字了，就主动介绍自己，“泰勒是我的姓，我叫托比·泰勒。”

“哎呀，这么一个小不点儿！”特雷特太太喊道。托比想要向她打招呼，却一时做不出什么优雅的动作，只是笨拙地低下了头，不过特雷特太太对他的尴尬表现毫不在意，一直念叨着：“他真小啊，萨姆尔！真小啊……”

“是啊，”骷髅先生把托比从头到脚打量了一番，仿佛在心里计算托比到底有多高，“他现在很小，但是他还有很大的空间去成长呢，有全世界那么大！只要他吃得够多就可以了。呀，说到这儿，我差点忘了告诉你，约伯不给他吃晚饭，说他工作不够努力。”

“约伯肯定不会给他吃饭的！”这位大个子女士立刻像愤怒的野蛮人一样喊道，“噢，约伯可是个奇葩，真是的！总有一天我会好好教训他一顿，我把话撂在这儿。我真受够了，那个男人就是个丑八怪。”

“她说到就会做到。”骷髅先生对托比说，同时无奈又钦佩地摇了摇头，“这个女人谁也不怕，如果她真的去把约伯收拾一顿，我一点也不会感到惊讶。”

托比心想，她块头这么大，想收拾大多数人都没问题，但他不敢说出来。托比仔细打量了胖夫人一番，又转过

LIVING SKELETON

头看了看她那异常瘦弱的丈夫。与此同时，骷髅先生跟他的妻子大致讲述了托比的故事，这是他刚刚跟托比聊天时了解到的。等骷髅先生说完，胖夫人摇摇摆摆地走回了她的帐篷。

“真是个大女人。”骷髅先生目送着妻子消失在帐篷中。

“是啊！”托比说，“她是我见过的最高大的人了。”

“我的意思是，她有一个伟大[1]的头脑。你以后会知道，她根本不在乎约伯说什么。”

“如果我和她一样高大，”托比的声音里带着一丝羡慕，“我就不会害怕任何人了。”

“这和个头的关系没有那么大，”骷髅先生表现出一副洞悉世事的样子，“真没那么大，我的孩子，因为只要我愿意，我可以把我老婆吓个半死。”

托比盯着特雷特先生那瘦弱的腿和胳膊看了好一会儿，然后小心翼翼地提醒他：“如果我是您，特雷特先生，我就不会这么做。因为如果您不把她吓晕的话，她很可能就会打断您的骨头。”

“哈哈哈，不要为我担心，我的孩子。等你在马戏团待久了，你就会知道我是怎么应对她的。我经常……”

① 原文表示“伟大”和“高大”的是同一个英语单词“great”，在这里，对同一个词，骷髅先生和托比选取了不同的义项来理解。

特雷特先生似乎打算向托比透露一个家庭秘密，但是托比命中注定不该听到；因为这时候，特雷特夫人从帐篷里走了出来，手里拿着一个锡制的大盘子，盘子上面摆着各种各样的肉、馅饼、蛋糕、面包，堆得老高老高。

特雷特夫人把盘子放在托比面前，还递给他了两张照片。

“看，托比·泰勒小朋友，”她说，“如果约伯·洛德和他的‘宝贝’伙伴雅各布斯真的不准你吃晚饭的话，我这儿有东西给你吃。我还给你带了一张萨姆尔的照片、一张我的照片。这些照片我们一张卖十美分，但我都送给你，因为我喜欢你可爱的小模样。”

托比被这些礼物感动坏了，不知道该如何感谢她。他想要讲点什么，但张嘴的瞬间又完全说不出话。托比把两张照片仔细地放进了自己装私房钱的口袋里，最后终于把话说出来了：“您对我真是太好了，等我长大了，我要给您很多东西。我其实不太饿，但是我确实也想吃点东西。”

“老天保佑你，可爱的小家伙，你会有东西吃的。”胖夫人说着，一把抓住托比，把他紧紧抱在怀里，亲切地吻了吻他那长满雀斑的小脸，“你想吃什么就吃什么吧！不过，萨姆尔有时候吃得太多会肚子疼，我就会给他倒点儿猫薄荷茶喝。你要是也吃得肚子疼，我就用萨姆尔的勺子给你也倒点儿猫薄荷茶。你知道吗？萨姆尔是很能吃的。”她突然压低了声音：“有时候我真的很好奇，他究竟把他吃下去的东西都弄到哪里去了？”

“是吗？”托比立刻叫起来，“这太有意思啦！因为我也吃得很多。丹叔叔过去也常说我虽然吃的东西远远超我这个年纪的食量，却没见我长高长大。我也很想知道这是为什么？”

“我只能说，我真的不知道，”胖夫人认真地思考着，“我已经纳闷过好多次了。有些人是这样造出来的，有些人是那样造出来的。我吃的东西很少，都不够喂鸡的，可是我却一天比一天胖。萨姆尔，你说是不是这样？”

“的确如此，亲爱的。”骷髅先生的声音里充满了自豪，“但你不必为此感到难过，因为你每增加一磅体重，你在这个马戏团中的价值就增加一分。”

“哦，我不担心变胖，我只是想知道我为什么会变胖。萨姆尔，我们必须得走了，因为我们只要待在这儿，这个可怜的孩子就一口也不吃。”胖夫人又转身对托比说，“等你吃完这些东西，记得把盘子拿进来给我哦。”说着，她抓住瘦丈夫的胳膊，把他带回了帐篷。

托比盯着他们背影看了好一会儿，然后抓起各种各样的食物狼吞虎咽。他午餐时从餐桌上拿走的那些食物，下午在帐篷里被他吃掉了一些，之后，他又完全忘了自己口袋里还有食物，所以什么都没有吃。因此，当特雷特太太给他这么多食物的时候，他已经饿坏了。

托比几乎吃完了特雷特太太给他的所有食物，剩下的也一股脑儿地包好装进口袋里。然后，托比把盘子清洗干净，看看周围并没有人，打算离开摊位一小会儿去把盘子还了。

托比飞快地冲进骷髅先生和胖夫人住的那个帐篷，把盘子递给那位女士，对她的好心再三道谢。

“你都吃光了吗？”她问。

“嗯，”托比犹豫了一下，“还剩下两个甜甜圈和一块馅饼，我把它们放进口袋里了。如果您不介意的话，我今晚找个时间再吃。”

“你想什么时候吃就什么时候吃，只要你饿了，就直接来找我。”

“谢谢你，夫人。我得走了，摊子现在没人看呢。”

“那就快跑吧。如果约伯虐待你，你就告诉我，我不会让他得逞的。”

托比没听她把话说完，就急急忙忙地想要赶回摊位。结果他刚从帐篷里飞奔出来，就被一记耳光打倒在地，然后他听到了约伯·洛德愤怒的咆哮。

“好哇，我一转身，你就离开，让这个摊子自生自灭，是不是？你到处跑来跑去，想搞什么鬼把戏，嗯？”然后，这个畜生用他石头一般笨重的靴子朝趴在地上的男孩狠狠踢了两下。

“哎哟哎哟！请别踢我了！”托比赶紧解释，“我只离开了一分钟，什么坏事都没做。”

“你在撒谎，你自己心里清楚，你这个小兔崽子！”洛德愤怒地边走边吼，他高高扬起了腿，准备给可怜的托比再来几脚，“要是你再给我找麻烦，我会让你牢牢记住，你要对付的是谁！”

“要是你再给我找麻烦，我会让你牢牢记住，你要对付的是谁！”胖夫人的声音响了起来。就在洛德又抬起脚准备踢下去的时候，胖夫人抓住了他的衣领，拽着他越过了系帐篷的绳子，把他脸朝下甩在地上，就像托比刚刚遭受的那样。

“现在，约伯·洛德，”愤怒的女人像小山包一般，站在那个极度恼怒但又被吓破了胆的男人面前，她弯下身子俯视洛德，“我要让你明白，只要我在，你就不能打这个男孩。我已经看够了你的把戏，我不准你再撒野。这个男孩在帐篷里待的时间不超过两分钟，而且他比你雇过的任何一个都干得好，所以你要对他好一点。起来吧，小家伙。”她又温柔地对托比说道。

W.A.Rogers

托比此时还不敢从地上站起来，胖夫人继续给他撑腰：“如果他再要打你，你就来找我。”

托比爬起来，跑回糖果摊，正好赶上招呼一两个刚刚走近的顾客。他从眼角的余光瞥到洛德先生也站了起来，正在和特雷特太太生气地交谈，他很担心这件事会给他带来又一次更加毒辣的打骂。

但是这次托比猜错了，洛德先生在结束了谈话之后，走到糖果摊前，开始忙自己的事情，一句话也没跟托比说。当雅各布斯先生吃完晚饭回来时，洛德先生拉着雅各布斯先生的胳膊，带他走到帐篷后面。托比确信他们谈话的主题是自己，这使他感到非常不安。

直到演出快要开始的时候，洛德先生才回来，他对托比没有说什么狠话，只是吩咐托比到帐篷里开工。托比很高兴逃过一劫，欢快地干起活来，仿佛是去享受。

然而当托比见到雅各布斯先生时，这位先生又严厉地批评他迟到了，似乎完全没有考虑洛德先生一直让他在外面干活，直到刚刚才放他走。

第七章　马车事故

托比那天晚上的处境和下午差不多，只不过这次很幸运，他没有再收到假钱。雅各布斯先生的脾气依然很坏，时而训斥托比，时而骂脏话。其实雅各布斯先生看到托比卖出了这么多东西，十分惊喜，但这位狡猾的先生隐藏起了自己的真实想法，让托比以为他只完成了应做工作的一半。

当天晚上，托比的私房钱又增加了九十美分，托比觉得自己差不多算是个“小富翁”了。

演出即将结束的时候，雅各布斯先生叫托比帮忙收拾行李。等到最后一位观众离开了帐篷，洛德和雅各布斯的全部家当也已经收拾齐备，只待搬运了。这个时候，托比才可以做些自己喜欢的事情，只要他在老本准备出发的时候及时出现就行。

托比觉得还有时间去拜访一下他的朋友骷髅先生和胖

夫人，就往他们的帐篷走去。等到了，托比却发现，人们已经开始拆除这个帐篷了，他只能在特雷特夫妇上马车的瞬间，匆匆跟特雷特太太道谢，以及握一握骷髅先生那只骨瘦如柴的手。

托比很失望，他原本希望在这令人疲惫的夜间旅程开启之前，能有一点时间去跟他新交的朋友们说说话。现在愿望落空，他只好急忙回到关猴子的笼子旁。老本就在那儿，正在收拾东西准备出发。笼子周围的木板还没有封起来，因此托比没费多大劲儿就把猴子先生叫到了笼子的栅栏边。他把胖夫人送他的一个甜甜圈递给了猴子："我想你可能饿了，斯塔布斯先生。这是骷髅先生的妻子胖夫人给我的东西。我现在没有多少时间和你说话，但是明天只要我有机会就会过来找你；如果你周围没有人的话，我要告诉你一些事情。"

猴子用人手一般的小爪子抓住甜甜圈，撕成一小块一小块，匆匆吃了起来。

"别着急，"托比提醒道，"丹叔叔总是跟我说，一个人能做的'最坏的事情'就是吃得太快。如果你还想吃更多的话，待会儿我们上路之后，你只要把手从座位旁边的小洞里伸出来，我就会递给你。"

托比看着猴子脸上的表情，坚信它马上就要开口回答了。但就在这时，老本把笼子四周的木板关上，分开了托比和斯塔布斯先生。只听一声令下，车队出发了。

托比爬上了高高的座位，老本紧随其后。没过多久，车队就沿着尘土飞扬的道路缓缓前进，后面跟着许许多多的四轮马车，车上挂着小小的灯，一路摇摆。

“那么，”老本开口攀谈，每每当他把马车处置妥当，老本就觉得自己可以放松聊会儿天，“你今天过得怎么样？”

托比不仅讲了他这一天里所有的工作，还如实向车夫描述了发生在他身上的所有事情。最后，托比以这句话作为结束：“我刚刚给斯塔布斯先生的那个甜甜圈就是特雷特太太给我的。”

“给谁？”老本吃惊地问。

“给斯塔布斯先生——车里的那个老家伙，你知道，对我很友好的那个。”

托比又听到了熟悉的“咕噜咕噜”声，看到老车夫的身体颤抖着来回摆动，正要警觉起来，突然想起昨天晚上的事情，明白老本只是在用自己特有的方式大笑。

“你怎么知道它的名字是斯塔布斯？”老本终于喘过气来了。

“哦，我不知道那是不是它的真名，”托比立刻一本正经地回答道，“我这么叫它，只是因为他很像我在老家认识的那个斯塔布斯。它似乎也并不介意我叫他斯塔布斯。”

老本认真地看了托比一会儿，似乎想笑，但又不敢笑——怕会把血管笑破。后来他拍着托比的肩膀无奈地说：“哎呀呀，你是我行走这么多年来见过的最奇怪的小鬼。你似乎认为那只猴子真的听得懂你对它说的一切。”

“我确定他听得懂。”托比肯定地说，“他什么都不对我说，但他明白我告诉他的一切。如果他努力去说话，你认为他能说出话吗？”

“听着，托比·泰勒先生，”老本把身子转回一半，直视托比的眼睛，好让自己的话语显得更有分量，“巫婆才会认为那只猴子想说话就能说话。”

“我不是巫婆，”托比若有所思，“因为如果我是巫婆的话，那些传教士们早就把我抓出来了。我以前从来没有见过像斯塔布斯先生这样的猴子，我觉得只要它愿意，它就能说话，就像骷髅先生那样，骷髅也能说话呢！不管怎么说，斯塔布斯先生对我眨了眨眼睛，如果他听不懂我对他说的话，它怎么会眨眼呢？”

“听着，我的孩子，”老本以一种父亲的权威口吻说道，“猴子只是畜生，别的什么都不是，它们不会说话，它们也听不懂你对它们说了什么。”

“你没听见他们说话吗？”

“从来没有。我已经在马戏团里待了快四十年了，从小孩长成大人，我从来没有见过猴子跟其他动物有什么不同，除了它们特别爱捣乱这一点。”

“好吧。”托比仍然没被说服，“不管怎么样，我都相信斯塔布斯先生听得懂我对他说的话。”

“别傻了，托比，”老本诚恳地说道，“你根本没法证明，哪件事情是因为猴子听你的话才去做的。”

就在这时，托比感到有人在拉他的外套，他往后一看，一只棕色的小手正从笼子的通风孔里伸出来，用力地拉扯他的衣服。

“你看看！”托比得意洋洋地对老本说，“你看看！我上车前跟斯塔布斯先生说，如果它还想吃点什么，就告诉我，我会给他的。现在你可以亲眼看到他来找我要吃的了。”托比从口袋里拿出一个甜甜圈，递给那只小手，小手立刻缩了回去。托比说：“现在你觉得斯塔布斯先生能听得懂我对他说的话了吗？”

“它们经常把爪子从这个洞里伸出来，”老本用一种陈述事实的平静语气解释道，“它们在夜里还把我的外套脱下来过呢，弄得我像个进城的乡下老太太那样紧张兮兮的才罢休。托比，傻孩子，你要知道，猴子就是猴子，你不要以为它们是别的什么神奇的生物，这么想就错了。你觉得这个老家伙知道你在说什么吗？那只是因为这个老家伙机灵讨喜——他观察你的举动，想试试看他能不能模仿你的动作，仅此而已。”

托比差不多快要被说服了，要不是这时他又看到那只棕色的小爪子从洞里伸出来，再次抓住他的外套，他会认为老本把一切都解释得很合理。

猴子先生的动作看起来是那么自然，就像一个饥饿的男孩在黑暗的储藏室里摸索着找东西吃一样，以至于老本的论证已经不足以说服托比。托比把最后一个甜甜圈放在猴子的手里，然后静静地坐着，仿佛在苦思冥想某个世纪难题。

接下来的时间里，车子继续在寂静中行驶。老本左摇右晃，吹着无声的口哨——这是他最喜欢的消遣——而托比的思绪则飘到那个他曾经鄙视的简陋的家里，和丹尼尔叔叔在一起。他们之间的距离每增加一英里，丹尼尔叔叔在托比心中的优点就增多一分，缺点也相应减少一分。

托比思来想去，昏昏欲睡，就在他即将闭上眼睛时，却被一阵撞击的声音吓了一跳。托比顿时感觉到一股巨大的力量把他从座位上扔了出去，然后他失去了知觉，落在路边。马车完全被撞毁了，猴子们从车里逃出来。

托比在被从座位上扔出去之前听到的撞击声，是车轴断裂的声音。在刚听到声音时，老本就靠着他那双经验丰富的耳朵，明白这车子完蛋了。他还没顾得上警告托比就下意识地跳离了车子，把马控制住，从而避免更多的麻烦。

马车的车身倒在坚硬的路面上。猴子们从禁闭中解脱出来，向四面八方跑去，而托比的那位老朋友在跑向树林的路上，正好遇到这个不省人事的小男孩。这只老猴子刚走到托比跟前，就被猴科动物那出了名的好奇心所驱使，停了下来，发现是托比后，开始仔细查看男孩的身体，摸了摸男孩的衣物，试着掀开男孩半闭的眼皮。

托比很幸运，他跌落在河岸的泥地上，只是摔晕了，并没有受严重的伤。猴子最终成功地让他恢复了意识。当托比清醒过来，借着破晓的微光看到猴子先生时，他更坚定这是一只充满智慧的猴子。现在要劝他打消这个想法，恐怕需要找一个比老本更厉害、更像哲学家的人了。

猴子先生在托比的耳朵、鼻子和嘴巴附近抚摸着，就像猴子们经常做的那样，它脸上的表情非常严肃。托比坚信猴子先生是因为他摔倒而面露悲伤。

“别担心，斯塔布斯先生，我没有受一丁点儿的伤，”托比急忙安慰他的朋友，同时坐直了身子，环顾四周，“但我想知道我是怎么到这儿来的？”

猴子先生蹲坐着，脸上流露出满意快活的神情，为托比安然无恙而感到由衷的高兴——至少托比是这么理解的。

这时，人们已经吵吵嚷嚷地把事故的消息一队一队地传开了，所有的人都急忙赶到现场来帮忙。托比看到，在人们赶来的同时，有一些小东西——看起来有点像小矮人——匆匆从他身边经过，这时候他才反应过来老猴子为什么能从笼子里出来，也明白了这些逃向树林里的小黑影原来是笼子里的其他“居民”。

“看那儿，斯塔布斯先生！看那里！”他指着那些“逃犯”叫道，“它们都跑到树林里去了！我们该怎么办？”

看到逃走的猴子，老猴子似乎和托比一样激动。它跳起来，喋喋不休地尖叫，好像在召唤它们回来。眼看着“逃犯们”毫不理睬，猴子先生开始拼命追赶。

“你也走了！斯塔布斯先生竟然会抛下我！”清晨的薄雾中只剩下托比虚弱的喊叫。

第八章　猴群回归

托比试图站起来，但是他头晕目眩，还觉得恶心，只好先坐下来缓一缓。这个时候，人们正围着出事的马车，没人注意他，托比尽可以安静地躺在那里，直到他听见洛德先生可怕的声音——他正询问人们他雇的小孩是否受伤。

听到洛德的声音，托比就像发烧了一样，浑身发抖，心脏怦怦直跳，他甚至觉得洛德先生都能听到他响亮的心跳声了，也就能知道他的位置。但当托比看到他的雇主并没有朝自己走来时，他突然想到，现在正是逃跑的好机会。于是托比立刻采取了行动。他在泥地里翻滚，滚到了路边矮小的冷杉丛前。在这些冷杉的遮蔽下，托比站起身来，沿着猴子逃跑的方向，快步向树林走去。

托比不再感到头晕和恶心，对洛德先生的恐惧驱散了肉体上的不适，他感觉很快就恢复了体力，手脚也恢复了灵活。

托比快步走了一段路，几乎听不到大路上发出的声音了，可正在这时，他看到一队小矮人在树林中出现，径直朝他走来。

心生恐惧的托比躲在树后，打算等这群小矮人走开再出来。走在最前面的矮人首领发出了一阵奇怪、短促的尖叫，托比立刻高兴地从树后走了出来。

这个尖声怪叫的首领，正是不久前离开他的猴子先生，天太暗了，所以他刚刚没有认出这位朋友。和老猴子一起回来的，是从笼子里逃出来的其他猴子，它们被老猴子追上，不得不回来——老猴子似乎在猴群里有绝对的权威，可以完全控制它们的行动。

猴子走到跟前，托比看到了一支模样非常滑稽的队伍。它们由老猴子带领，手拉手，连成一长串，有的蹦蹦跳跳，有的直立行走，全都在叽叽喳喳地尖叫，就像一群孩子出去度假一样。

托比走向喧闹的猴群，郑重其事地向猴子先生伸出一只手，用真诚的语调说道："真对不起，我以为你离开我了，原来你是去找其他猴子了。你真是太好了，斯塔布斯先生。我本来也打算逃跑，但是现在我改变了主意，我们一起回去吧。"

老猴子用它空闲的爪子抓住了托比伸过来的手，于是他们形成了一个连续的队伍，充满了叽叽喳喳和骂骂咧咧的叫声。斯塔布斯先生时不时地回头看一眼，对着猴子们大喊一声，才能让这混乱的噪声暂时偃旗息鼓。

整个场面真是滑稽至极，但托比似乎毫无察觉，仿佛带着一队猴子前进，是世界上最自然的事情。托比滔滔不绝地和老猴子聊天，语速飞快，就像其他猴子一样。他非常严肃地告诉老猴子关于这次事故的一切，解释了他为什么有逃跑的想法，并且发自内心地相信斯塔布斯先生能听懂他所说的每一个字。

托比逃走后不久，马戏团老板驾车来到事发现场。人们正在修理马车，可猴子却踪影全无，他立刻下令搜捕猴子。比起马车受到的损伤，马戏团老板更关心他丢掉的猴子，那可是一大笔财富。

人们开始商量抓捕计划，正在讨论万一有谁先抓到了猴子，要如何通知其他人。这时候，大家却听见了一阵怪声。马戏团的人们都站住不动了，想知道这声音是怎么一回事。

当托比和他的伙伴走到灯光下那片明亮的区域时，所有人哄堂大笑。托比的一举一动都透露着严肃和庄严，却丝毫没有减弱他们的欢笑声。马车现在竖起来了，笼子的门大开着，托比把猴群领到门前，郑重地示意他们进去。

老猴子没有听话乖乖进去，而是退到托比身边，冲其他猴子尖叫着，逼它们都走进笼子，最后只剩它一个还留在笼子外面，和托比站在一起。

托比示意老猴子也进笼子去，但它紧紧抓住托比的手，暴躁地骂骂咧咧，看起来不想离开他的人类朋友。一个员工走上前来，正要强拉它上车，被马戏团老板制止了。

“这个男孩是谁？”老板问道。

“约伯·洛德新招来的小孩。”有人回答道。

马戏团老板问托比，他是怎样把所有逃跑的猴子都给抓回来的。托比一脸严肃地回答：“斯塔布斯先生和我是好朋友，当看到其他猴子逃跑时，它去把它们拦了下来，然后带了回来。我希望您能让斯塔布斯先生跟我待在一起，我很喜欢它，它也很喜欢我。”

“对于你说的这位‘斯塔布斯先生’，你想怎么处置它都可以。我原以为猴子都要找不回来了，而你却把笼子里所有的猴子都带了回来。所以，我愿意把这只老猴子送给你，你想什么时候把它放进笼子里，就什么时候放，想把它带在身边也可以，一切都随你的意，它属于你了。”

托比高兴极了，他搂住老猴子的脖子，猴子也紧紧地抱住他，连约伯·洛德也被他们俩的深厚友谊感动了。

W. A. ROGERS

人们正在修理受损的马车，托比和老猴子手拉手站在一旁观看，而其他可怜的猴子们则因为被迫回到笼子里，不断地嚎叫、咆哮。与此同时，老猴子却坐在托比的身旁，紧紧地搂着他，在男孩跟他说话时，时不时发出心满意足的吱吱声。

那天晚上，斯塔布斯先生睡在托比的怀里，在乐队花车里过了一夜。不久以前，托比和老猴子看起来还都是“苦命人”，但此刻，他们似乎对自己的运气很是满意。

当托比第二天醒来，准备开始他在马戏团的工作时，他看到他的猴子朋友正坐在他身旁，探索完他的口袋，把男孩所有的财宝都在马车的地板上摊开。托比生气了，他觉得老猴子的行为辜负了自己对它的信任，所以托比向它提出了抗议。但是猴子先生更喜欢开玩笑而不是严肃的谈话，托比说得越多，他就变得越淘气，直到——托比收好宝贝，抓住猴爪，把它带到前一天晚上逃出来的笼子旁。

“现在，斯塔布斯先生，”托比的内心有一丝难过，“你必须进去，待在这里，等我有时间了，再来跟你玩。”

托比打开笼子的门，但猴子挣扎着不想进去。托比不得不使出浑身力气，把它推了进去。关上门后，托比又苦口婆心地劝说了老猴子一番，希望它能牢牢记住：作为一只想要在笼子外生活的猴子，它需要更文静一些。托比在这边喋喋不休，老猴子坐在角落里一动不动。托比觉得猴子先生一定是把这番教训听进心里去了，正准备离开，却发现在它浓密的眉毛下，一双充满责备的眼睛正注视着他。托比立刻为自己的严厉措辞而感到抱歉，正要赔不是，洛德先生粗哑的叫唤声响了起来。

这是工作时间，托比只能匆匆离去，开启新一天的工作。托比的心情还算愉快，这是自他离开丹尼尔叔叔和吉尔福德镇以来最轻松的时刻。

洛德和雅各布斯对托比的态度和之前并没有太大的不同。两位雇主好像觉得托比做的工作比他俩预期的少了一半，所以两人齐心协力地咒骂、虐待这个孩子。

但是，就托比在马戏团的地位而言，他现在的处境可比以前好多了。那些目睹了前一夜事故的人添油加醋地告诉其他人——托比是怎样把猴子们领回笼子里去的。这位站在洛德和雅各布斯摊位后面几乎露不出脑袋的小家伙，几乎得到了马戏团里每一个人的称赞。

第九章　胖夫人的盛宴

到了中午，托比筋疲力尽——每当有人同他说话，洛德先生就会派给他更多任务，似乎能从对他的折磨中得到快乐，到最后，托比恨不得没有人来关注他。今天，洛德先生允许托比先去吃午饭，吃完回来，再换洛德去吃饭。

生意很冷清，午餐时间通常都是这样，托比清洗了玻璃杯，整理完了东西，几乎无事可做。

当看到骷髅先生从帐篷里露出他那干瘦的身体，朝这边走来时，托比特别高兴，他已经对这个瘦弱的男人和他的胖妻子产生了浓浓的好感。

“你好呀，托比，”骷髅先生来到糖果摊，仔细掸去洛德先生专用座椅上的灰尘，小心翼翼地坐了上去，仿佛担心自己的身躯会压垮这把椅子，“我听说你昨晚捉回了猴子，成了一个英雄。”

听到这话，托比满是雀斑的小脸涨得通红，他费了好大劲才结结巴巴地说:“我……什么也没做，是……斯塔布斯先生……把他们带回来的。”

“斯塔布斯先生！”骷髅先生哈哈大笑，托比开始担心他身上那些没多少肉的关节会在大笑之下脱臼，“昨天你跟我说斯塔布斯先生的时候，我以为你说的是马戏团里的某个人。后来我知道斯塔布斯先生是谁了，就告诉了我的妻子莉莉。你知道吗？她笑得直发抖，那场面可真壮观，你没看见太可惜了！”

“好吧，”托比不知道怎么回答，只好顺着骷髅先生的话往下说，“我想她笑的时候是会发抖的。”

“没错！”骷髅先生回答道，“如果你在她遇到好笑的事情之后看见她，你会认为她是面包店橱窗里那些小山一样大的果冻中的一个。”骷髅先生骄傲地看向妻子的海报，这张海报充分展示了胖夫人浑身是肉的丰满体态，他继续说道:“托比，她是个伟大的女人，她还有一个伟大的头脑。”

托比点点头表示同意。他本来想说一些赞美特雷特太太的好话，不过他真的不知道该说些什么。但是哪怕托比只是点点头，就已经让这位宠爱妻子的丈夫很开心了。

“托比，她对你评价很高。”骷髅先生继续说，他把椅子移了个位置，可以更方便地把脚抬到柜台边缘，然后他把手帕放在屁股下面当坐垫，“她一直在谈论你。如果你不是这么一个小家伙的话，我想我会嫉妒你的，真的。”

“你们两个……都很……好……”托比结结巴巴地说，心里充满了骄傲，激动得说不出话来。

“而且她想以后常常见到你。她知道洛德这会儿不在，就让我来这里告诉你，明天我们要在帐篷里举行一个友情午宴。食物她全都做好了，嗯……也许快要做好了。我们想请你来和我们一起吃点儿东西。”

这意料之外的好事，让托比的眼睛立刻像宝石一般闪闪发光。可是没多久，他就露出了忧伤的神情，痛苦地回答道：“我非常非常非常想来参加午宴，特雷特先生，但我觉得洛德先生不会让我离开这里很久的。”

“哎呀，托比，明天你不用干活啊，明天是星期天。”

“对哦！”托比一想到休息的日子就在眼前，高兴地笑出了声。他又急切地补充道：“那么，现在是星期六下午喽。家里的男孩子们这会儿肯定玩得很开心！星期六下午不用上学，所有人都会到树林里去玩。”

“你想回去和他们一起玩，是吗？”骷髅先生同情地问道。

“是啊，我很想！”托比脱口而出，“比任何马戏团好玩一百倍。”

“但是，在你来加入马戏团之前，你并不这么想，对不对？”

“那时候我对马戏团不像现在这么了解。”托比悲伤地回答道。

特雷特先生意识到，他不小心打开了一个伤心的“匣子”，让这个小男孩在心中触动了一种名叫“悔恨”的情绪，于是他赶紧改变了话题。

“那么，我回去告诉莉莉，你会来参加午宴的，好吗？”

“哦，好的好的，我一定会去的。我很想让你们知道，我有多感激你们俩对我的好。”

“好的，托比，”特雷特先生脸上写满了高兴，“如果你愿意，你可以带猴……斯塔布斯先生一起来。”

“真的吗？谢谢你！”托比高兴极了，“我相信斯塔布斯先生会和我一样高兴的。但我们明天要去哪里呢？”

“就在这里，我们通常周六晚上不走，原地休息过周日。我现在必须走了，否则莉莉会担心死的，她害怕我会在外面感冒，你知道的，我的夫人对我照顾得很细心。你明天中午一点钟到，可以吗？”

“没问题，”托比非常肯定地说，“我会带上斯塔布斯先生的。”

骷髅先生点了点头，匆匆离开，以免他的妻子又要担心他的健康与安全了。还没等骷髅先生走回自己的帐篷，托比就接待了另一个来访者——他的朋友老本。

“嘿，好孩子，”老本愉快而热情地喊道，“自从你昨晚突然掉下马车之后，我就再也没见过你了。你是不是被甩上天了？”

“没有没有，”托比急忙解释，“你看，我的个头儿不大，而且我摔到柔软的泥地里了，所以并没有遇到危险。”

“幸好幸好，你应该感谢老天保佑。我之前见过有成年人，像你昨天那样被甩落马车，最后摔断了脖子。话说回来，约伯有没有告诉你今晚在哪里睡觉？你知道我们要在这里过夜吗？”

“啊！我没有考虑过这个问题呢，我猜我会睡在马车里，是吗？”

“如果你愿意，你可以睡在旅馆里，但是床可能会很脏。如果你问我，我会建议你爬进帐篷里的那几辆马车去睡觉。”

然后老本向托比解释，星期六晚上放工之后，到星期天晚上赶路之前，托比都是自由的，无须为任何人工作和服务。

最后，老本总结道：“现在你知道自己的权利是什么了，不要让约伯以任何方式强迫你。你待会儿干完活之后，我就过来，咱俩找个地方一起睡觉吧。”

洛德先生和雅各布斯先生的到来打断了他们的谈话，这也意味着托比要继续承受磨难了。这两个人生活中最大的乐趣就是折磨他，他们从来不跟他说一句好听的话，而且无论何时何地，两个人中总有一个在给托比安排艰难的工作，或找茬挑剔。从早上开工到晚上收工，托比几乎毫无舒适轻松可言。

直到晚上的表演结束，托比才有机会和斯塔布斯先生说会儿话。托比太累了，他把老猴子从笼子里抱出来，让它舒服地躺在夹克里，然后和它一起躺在老本挑选的地方呼呼大睡。

第二天早晨，斯塔布斯先生唤醒了小主人。与托比独自睡觉时相比，这次起床时间明显要早得多，所以早饭前他们出去散了会儿步，结果不知不觉走向了树林。一到树荫底下，一人一猴就像两个小疯子，大肆庆祝。斯塔布斯先生爬上了树，用尾巴倒吊着，从一棵树荡到另一棵树，又去采集半熟的花生扔给他的主人，还试着抓树上的鸟儿，总之过得相当愉快。

托比在长满苔藓的河岸上充分舒展四肢，惬意地看着他的朋友做各种杂耍动作。看到斯塔布斯先生比平时更滑稽，托比不禁大笑起来，似乎忘记了在这个世界上还有马戏团，还有洛德这个人。对托比来说，这是一个完美的早晨，他甚至忘记了时间的流逝，直到听见教堂的钟声，他才发觉已经很晚了，同时又幻想，如果现在他还和丹尼尔叔叔一起在家里，他这会儿应该在做什么呢？[①]

托比出神的时候，老猴子还在努力吸引小主人的注意。发现自己没有成功，它就从树上跳下来，轻轻爬到托比身边，把头蜷缩在托比的胳膊下。

老猴子的动作似乎使托比的悲伤又被重新激发，他搂住它的脖子，把它紧紧抱在胸前，啜泣道："哦，斯塔布斯先生，斯塔布斯先生，我们多么寂寞啊！如果我们在丹叔叔家，我们会是世界上最幸福的人。我们可以在干草堆上玩耍，或者去牧场，或者去村子里。如果能再回去的话，就算要我工作到手指头断掉，我也愿意。我离家出走，实在是太坏了，现在我要为此付出沉重的代价了。"

托比紧紧抱住猴子，身体前后摆动，很是悲伤！猴子先生似乎没法理解主人突然间的情绪变化，只是蜷缩在他怀里呜咽着，时而抬头看看他的脸，时而舔一舔他的手。

过了好一会儿，托比的悲伤才消减。他仍然紧紧抱着猴子先生，匆匆离开树林，朝着小镇和他现在已经彻底讨厌的马戏团帐篷走去。

---

① 丹尼尔叔叔是教堂执事，周日他们会认真做礼拜，所以托比会因听到教堂钟声而回想起在丹尼尔叔叔身边的日子。

托比进入表演场地时，时钟响了一下。托比想起与特雷特夫妇的约定，径直走向他们的帐篷。根据扑面而来的香味判断，里面正在准备一顿非同寻常的盛宴，托比立刻恢复了活力。连猴子也似乎受到了感染，在主人的肩膀上跳来跳去，喋喋不休地说个不停，逼得托比不得不掐它一下，好让它表现得得体一些。

托比走进帐篷，立刻被宴会的规模震惊了，他目瞪口呆地注视着眼前的一切。通常，骷髅先生和胖夫人会在一个平台上向观众展示他们的身体，但现在这个平台上放着一张长桌，上面摆满了食物。

托比看到桌子周围放着八九把椅子，立刻明白他不是唯一受邀参加宴会的客人。主人们在装饰方面也花了一些小心思——平台所在的那一端，挂了两三面旗子和一些飘带，帐篷杆也用色彩鲜亮的薄纸做了流苏。

骷髅先生兴高采烈地向托比走来，一把抓住他的双手。他握得太热情、太用力了，疼得托比龇牙咧嘴，可骷髅先生却没有注意到，一个劲儿自顾自地说着愉快的欢迎词："泰勒先生，我非常高兴您能来参加我们家的聚会，如果我们可以把这个几乎每天都要移动的帐篷称为'家'的话……"

W. A. ROGERS

在特雷特先生说出“泰勒先生”的时候，托比甚至不知道这位“先生”指的是谁，直到他的手被松开，他才突然明白这个“先生”指的是他自己。

接下来，骷髅先生把托比正式介绍给在场的其他客人。他们坐在帐篷的一边，显然在焦急地等待即将到来的盛宴。

“这两位小姐，”特雷特先生一边说，一边向两位白头发、粉红眼睛的年轻女士挥手，她俩坐在一起，互相搂着腰，带着一丝恐惧的神情注视着猴子先生，“就是库欣姐妹，人们称她们为‘白化病姐妹花’。在我们的展览中，她们是非常吸引人的，所以拿着很高的薪水。”

两位年轻的女士同时站了起来，同时鞠躬致敬，仿佛她们是不能独立行动的连体婴儿。

托比尽力鞠了个漂亮的躬，猴子先生疯狂地挣扎，仿佛想从托比身边逃脱，好拿爪子在这姐妹俩蓬松的毛发上使劲搓一搓。

“还有这位，”特雷特先生继续介绍道，指着一个病恹恹、面色阴沉的人，他没和其他人坐在一起，交叉着双臂，好像在计算离午宴开始还有多久，“这就是了不起的卡斯特罗先生，你一定听说过他吞剑的惊险技艺。”

托比后退了一步，仿佛是因为看到一位伟大的先生装扮成卑微的小人物而感到由衷的敬畏。这位靠吞剑谋生的高贵先生屈尊展开了他交叉的胳膊，伸出一只脏兮兮的手给托比握。托比握住了吞剑人伸出的手，心里好奇为什么这位先生不用肥皂和水洗一洗手。斯塔布斯先生显然害怕这个脸色很难看的男人，一直缩在托比的肩上，喋喋不休地对这次介绍活动表示不满。

骷髅先生又朝一个人挥了挥手，这一次他介绍："斯佩莱蒂小姐，神奇的耍蛇人，她在本国和欧洲王室成员面前的英勇事迹，使全世界的人都叹为观止。"

斯佩莱蒂小姐是一个相貌平平的年轻女子，大约二十五岁。她也伸出一只手让托比去握——只不过她的手是干干净净的，她看起来比那位吞剑的绅士讨人喜欢。

介绍宾客的环节到此结束。正当托比四处寻找座位时，特雷特夫人，也就是这次宴会的主办人，从一块帆布帘子后面走了出来——做饭的炉子应该就在帘子后面。食物散发出的气味非常诱人，宴会马上就要开始了。

胖夫人俨然一副盛宴大厨的模样，袖子卷得高高的，头发乱蓬蓬的，白布裙子的前面明显有几道油渍。

胖夫人没顾上礼节，直接冲到托比面前，把他紧紧抱在怀里，让人不禁担心她是否会把托比全身的骨头都折断。这个拥抱持续了很久，于是，斯塔布斯先生伸出它棕色的小爪子，抓住了胖夫人的头发。于是，在场除了卡斯特罗先生的所有人，都冲上前去把胖夫人从猴子先生的爪子里解放出来。

“你这个可爱的小宝贝儿！”特雷特太太没去注意刚刚被拉扯的头发，松开了托比，温柔地看着托比，“你来得太晚了，我还担心你不会来了。如果你不来，我的大餐就不会那么好吃了。”

托比完全不知道该说些什么来回应如此热情的欢迎仪式，他只好用尽他所学的词告诉这位身材高大、心地善良的女士，他绝对不想错过这场宴会，而且他特别特别高兴能够收到邀请。

“你这个可爱的小宝贝儿！”胖夫人再次重复，又给了他一个拥抱，但没有让斯塔布斯先生再抓住她的头发，“我当然要邀请你，这顿大餐就是为你准备的，为了让你在这里见到这些人，也为了让他们见到你。”

托比完全不知道应该对这种铺天盖地的赞美说些什么，所以他什么也没说，只是耐心地接受了特雷特太太的第三次拥抱。然后，特雷特太太跑回帆布帘子后面，那里的炉子上似乎有什么东西沸腾了。

“请大家原谅，”骷髅先生再次向大家挥了挥手，庄重地说道，“在把你们介绍给泰勒先生的时候，我差点忘了把他介绍给你们。”骷髅先生碰了碰托比的肩膀，好像托比是某种活着的奇珍异宝，而骷髅先生正要向观众们解释这个“神奇生物”的生活习性和捕捉方式。“女士们，先生们，这位就是托比·泰勒先生，你们在猴子笼被打破的那天晚上听说过他。泰勒先生完全没有殴打猴子，就能把整群猴子捉回来。为表达对他的敬意，我们伟大的马戏团经理送给他了一只猴子，就是泰勒先生现在带来的这一只。”

特雷特先生终于发表完了他的长篇演讲，托比觉得自己真的成为一件供人参观的展品，而骷髅先生则是策展人。托比站在那里，浑身僵硬，长着红头发的小脑袋垂了下来，身子弯得就像一把弓，试图做出鞠躬致敬的动作。然后，托比坐了下来，怀抱着斯塔布斯先生，以遮掩他不知所措的窘态。

白化病姐妹中的一位走上前来，抚摸着斯塔布斯先生的毛发，同时目不转睛地看着托比。这让托比非常困惑，可能他一辈子都弄不明白，在库欣小姐的心里，究竟哪一个才是可供观赏的“奇珍异宝”——托比还是猴子？托比赶忙谦虚地说：“我在抓猴子方面没出什么力，斯塔布斯先生几乎做了所有的工作，我只是把它们领回来而已。”

“好了，好了，我的孩子，”骷髅先生以慈父的口吻说，“我从老本那里听到了整个故事，我不会让你就这样蒙混过去的。我们都知道你做了什么，你否认的话一点用都没有。”

第十章　宴会上的斯塔布斯先生

托比正要说，这就是那天的实际情况，他没有撒谎。这时，帆布帘子后面传来胖夫人的声音，打断了他们的对话:“萨——姆——尔，过来帮我把这些东西搬进去。”

卡斯特罗先生听到这句话，脸上浮现出满意的微笑——宴会马上就要开始了。耍蛇人和白化病姐妹似乎也和吞剑人一样高兴。

“女士们，先生们，请原谅我暂时离场，”骷髅先生仿佛在发表重要讲话，“我必须去帮莉莉一把，然后我将有幸请你们品尝她做的饭菜。我可以打包票，她做的饭菜是这个国家能找到的最好吃的食物了。”

说完，他消失在帆布帘子后面，留下托比独自一人面对那两位女士。两位女士也默默地看着托比，而吞剑人则冷酷地看着他们三人，直到特雷特先生再次出现。他端着一只巨大的火鸡，就像托比见过的那些感恩节火鸡一样被烤制出了漂亮的棕色。他的胖妻子紧随其后，端着好几道菜，每一道菜都散发出浓郁的香味。当这些美味佳肴被放在桌子上时，吞剑人的精神似乎恢复了，他露出愉快的笑容。白化病姐妹也激动不已。

特雷特夫妇匆匆忙忙进出了好几趟，每次出来，他们都往桌子上添一大堆食物。托比开始担心他们永远不会停下来，吞剑人似乎也无法抑制他的不耐烦。

终于，最后一盘食物摆上了桌。然后，特雷特先生带着某种瘦人特有的优雅，走到台边说："女士们，先生们，没有什么比邀请你们——包括泰勒先生的朋友斯塔布斯——来参加我家莉莉所做的丰盛午餐更让我高兴的了……啊呀……"

特雷特先生的演讲以一种最简短的方式结束了——他的妻子走到他身后，像抱小孩一样轻松地把他抱起来，温柔地将他放在长桌一端的椅子上。

"快吃饭吧，"特雷特太太对客人们说，"如果等到萨姆尔演讲结束再吃，桌上的一切都会凉透了。"

对于这样亲切的指令，客人们欣然服从。令人遗憾的是，吞剑人举止不很优雅，他一跃而起跳上平台，猴急地坐到餐桌旁。其他人——尤其是托比——则是以一种悠闲而又庄重的姿态就座。

托比的旁边，特雷特夫妇贴心地为斯塔布斯先生准备了座位。斯塔布斯先生乖巧地等着托比把餐巾系在它的脖子上，总体来讲，斯塔布斯先生的举止让他的小主人相当满意。

特雷特先生慷慨地为每位客人从火鸡上切下几片。特雷特太太一边往他们的盘子里堆各种各样的蔬菜，一边像所有家庭主妇那样谦虚地“抱怨”这些饭菜做得不如预想的那么好，其实她心中坚信这一桌的食物看起来棒极了——几乎从来没有这么好过。

马戏团成员们吃了一阵，高涨的食欲才渐渐平息下来。当然，吞剑人是在添了三次饭之后，才停止了咀嚼。这时候，胖夫人问托比，他和洛德先生相处得怎么样了。

关于这位雇主，托比想说的可太多了，但是他很懂事，不愿意因为讲述自己的烦恼而扫了大家的兴致，于是他闪烁其辞地说：“现在我有这么多朋友了，我想我的处境不会太差。”

托比刚要说话的时候，骷髅先生把一大块火鸡放进了嘴里，如果跟他的身材相比，这一大块火鸡就显得更大了。听托比说完以后，骷髅先生显然准备说一些明显对洛德先生不太客气的话，但是大家都不知道他要说什么。因为他刚一张嘴，食物就跑错了地方，骷髅先生一下子脸憋得发紫——他噎住了！

托比惊慌失措，从椅子上跳起来帮忙，吓得脖子上还系着餐巾的斯塔布斯先生跳离座位，蹿到帐篷杆上，激烈地“叫骂”起来。

托比还没来得及凑到骷髅先生身边，胖夫人已经冲向了她瘦削的丈夫，抓住他的胳膊，奋力捶打他的脊背。看到胖夫人下手这么重，托比不免担心她那龟甲一般的铁手会不会打穿骷髅先生那像纸巾一样脆弱的身体。

“夫人，如果我是你，我不会这么用力地捶他的，”托比惊恐地喊道，“你会把他打碎的。”

“不要害怕，”特雷特太太把她的丈夫翻过身来，继续敲打，“他经常这样。他太贪吃了，如果他能把火鸡整只塞进嘴里，我很确定他会毫不犹豫地把火鸡整个囫囵吞下。他太瘦了，吃什么都会卡住喉咙。”

“对不起，我还以为你会把他打坏的，”托比一边道歉一边坐回了自己的座位，“他看起来好像受不了这样的捶打。”但特雷特先生的忍耐力看起来比托比想的要强得多。过了一会儿，他不再咳嗽，脸色也恢复了正常。对他细心照料的妻子看到他不再挣扎，就把他抱起来，重重地放到椅子上，那力量仿佛要把他的头给震掉。

第十章　宴会上的斯塔布斯先生

特雷特先生大大地喘了一口气，这时候特雷特太太生气地说：“好啦！现在看看你能不能规矩点，好好嚼你的肉！将来哪一天，你一个人待着的时候，再试试这个‘游戏’，你就死定了。”

“如果他尝试下我的技巧，只要多花时间练习，就几乎不会有什么东西能堵住他的喉咙。”吞剑人温和地提议道，同时把越橘酱从下巴上抹去，然后把一块吃得干干净净的火鸡骨头放到盘子上。

“我倒想看看他怎么尝试！”胖夫人的声音里隐约带着一丝愤怒，她转向了丈夫，斩钉截铁地说，“萨姆尔，别让我抓到你吞剑！”

“不会的，我的爱人，我不会吞剑的，我会试着多嚼嚼我嘴里的肉。”这个奇瘦无比的贪吃鬼用微弱的声音回答道。托比想，也许骷髅先生能够履行诺言的第一部分，但是能不能做到第二部分，就不好说了。

接下来，托比和特雷特先生花了好大的功夫，连哄带骗——拿一个大甜甜圈当诱饵，最后终于成功把斯塔布斯先生带回了餐桌边的座椅上。

现在午宴继续，特雷特先生又要来履行宴会主人的职责了，他对这些宴会礼节倔强地坚持着。只见他把椅子向后微微一推，用餐巾擦了擦衣衫的前襟，然后郑重地说道：“我不想让大家忘了今天的重点：每个人都记得，我们聚在这里，是为了见到并结识这位马戏团最新最好的成员——托比·泰勒先生。”

这可把可怜的小托比吓了一跳！大家都直直地看着他，特雷特太太使劲地点了点头，好像在说她完全同意丈夫的说法。男孩的脸涨得通红，南瓜派在他嘴里完全失去了味道。

“虽然严格来讲，泰勒先生可能不算我们中的一员，因为他不属于咱们这个表演行业，只能说属于这个行业的服务人员。”骷髅先生把音调很快上升到最高的一度，“但是，在他立下那样伟大的功劳之后，我们很骄傲地邀请到他来和我们在一起，通过我家莉莉准备的这个小宴会，我们热情欢迎他。”

白化病姐妹点头表示同意，吞剑人也咕哝了一声表示同意。于是，骷髅先生受到了鼓励，继续说：“我觉得，当我说我们喜欢泰勒先生并且钦佩泰勒先生时，在场的所有人都会同意我的观点。我想所有人现在都想听他为自己说句话。”

从大家高兴附和的样子来看，骷髅先生似乎传达了在场所有人的心声，他们都在等待着尊贵的客人发言。

托比知道他必须说点什么，但是他的大脑一片空白。

关于人们在餐桌上被要求发表演讲时，应该怎么做、怎么说，托比曾经听过一些建议。

此刻，他一遍又一遍地试图回记起这些建议，但是他却无法集中思想。现场一阵沉默，时间久得有点让人不舒服。最后，托比从椅子上站了起来，费了好大的劲儿，才终于结结巴巴地说出了下面这番话，而他的脸早已经涨得通红。

“你说这顿盛大的午宴是为我举办的……我知道我应该说些什么来作为回报……但……但是我不知道说什么，只知道感谢你。你看，我……我还不够大，说不了很多话。就像丹叔叔说的那样，除了吃，我在别的方面都不太成器，我想他是对的。你们对我都很好……等……等我长大了，我也会尽力为你们做同样好的事。”

在托比讲话的过程中，斯塔布斯先生调皮地爬到了他的椅子上。等到他讲完之后，没看后面就坐了下来，这下子，托比重重地坐到了猴子先生的身上了。受到惊吓的斯塔布斯先生发出了一声响亮的尖叫，托比也跟着发出了一声惊恐的尖叫。一瞬间，男孩、猴子和椅子一起从平台上跌落。托比还没有起身，猴子先生就逃了出来，又跑到帐篷杆顶上去避难。

这下子，所有的客人都跑去帮助托比。胖夫人检查了托比全身上下所有的地方，幸好他一根骨头都没有摔断，骷髅先生则帮托比把衣服上的灰尘给掸掉了。

在此期间，猴子先生一直在帐篷的柱子和绳子上来回走动，尖叫、高喊、张牙舞爪，仿佛它受到了一次无法安抚的严重打击。

等现场恢复安静，除了猴子先生以外的其他客人又坐回了餐桌时，托比立刻解释说："我不是故意要这样结束演讲的，这……这是斯塔布斯先生的错。"

"你当然不是故意的，"特雷特太太温柔地说，"一点也不要为此感到难过，托比，要感谢你的命运之星，谢谢它保佑你没有摔断任何一根骨头。"

"是的，我谢过了。"托比一边冷静地说，一边回头看了看刚刚的"灾难现场"，又抬头看了看那只惹了这些麻烦，却到现在还在叽叽喳喳乱叫的猴子。

没过多久，斯塔布斯先生再次被哄骗着从高处下来。托比带着猴子离开了宴席，并承诺，只要他能摆脱他那苛刻的雇主，下个星期他就尽量多来拜访特雷特夫妇几回。

托比刚走出帐篷，就遇到了再次陷入无声大笑的魔咒的老本。过了一会儿，老本才说："你好哇！骷髅先生和他那百合花[1]妻子是不是也让你吃得快爆炸了？"

---

[1] 特雷特太太的名字莉莉（Lily）在英语中是百合花的意思，所以老本故意这么说。

托比特意不说得那么夸张："没有没有，他们只是邀请我去吃午饭了。"

"他们经常会这样做。"老本轻声笑着，"他们随身带着一个做饭用的炉子，所以不管在哪个地方待上一天，他们都可以弄出这些小小的宴会。我也去吃过！"

"他们让你演讲了吗？"托比问道。

"当然，他们也让你演讲了吗？"老本反问。

"是的，"托比悲伤地说，"我还从平台上摔了下来。"

"我倒没有发生这样的状况，"老本回忆了一会儿，说，"哈哈哈，我想你肯定没想到自己第一次的演讲竟然会这样收场。你现在最好到帐篷里去睡一会儿，因为今晚我们要走一段很长很长还很崎岖的路，你一整夜都睡不了多久的。"

"那你现在去哪里呢？"托比一边问，一边把斯塔布斯先生挪到了另一边的肩膀上，他准备听从老本的建议，先去睡一觉。

"我要去教堂。"老本回答道。托比这才注意到老本今天好好打扮了一番。

"我在马戏团里长大成人，待了快四十年。每一个星期天，我都会去教堂参加集会。这是我答应我那老母亲会一直坚持做的事，直到现在都没有食言过。"老本骄傲地回答。

“可不可以带我一起去呢？”托比想到家乡山上的小教堂，满怀期待地问。他真希望自己现在这个时候就在那座熟悉的小教堂里，哪怕被丹尼尔叔叔用书砸了脑袋也没关系！

“如果今天早上遇到你，我肯定会带你去的。不过现在你必须多睡一会儿，好为今晚多做点‘储备’，下个星期天我再带你去。”老本说完就走了。

托比按照老本说的准备睡觉，尽管他相当怀疑下午有没有可能把晚上的睡眠“储备”下来。斯塔布斯先生回到了笼子，和自己的同类待在一起。托比躺在车顶上，不一会儿，他就睡着了。

睡梦中，托比看见斯塔布斯先生在一个晚宴上热情地发表演讲，而他自己则在帐篷杆上蹦蹦跳跳……

第十一章　暴风雨之夜

托比醒来时，天已经快黑了。听到周围的喧闹声，他明白很快就要离开这个地方了。托比揉了揉眼睛，让自己完全清醒过来，然后从高高的“床”上跳了下来，跑到笼子门口确认斯塔布斯先生是否安全。以上就是托比出发前全部的准备工作了。

这时，托比突然注意到每个车夫都穿着橡胶雨衣外套。站在附近听了一会儿车夫们的交谈，托比才知道外面下起了大雨。他不禁沮丧起来，过一会儿，要赶那么长的夜路，而他却只能一直待在猴笼顶上，穿着他普普通通的外套，一点防雨措施都没有。

站在马车旁边，托比不知道该怎么办。这时候，老本从外面走了进来，水从他衣服上一小股一小股地往下流，可以想见，外面的雨有多大！

“这真是一个糟糕的夜晚，小托比。”但是老本的语气却相当轻松，一点不像是在谈论暴风雨，而仿佛是在谈论一个月色曼妙的夜晚。

“我想我要淋湿了。”托比望着高高的马车座位，沮丧地说。“哦！老天保佑！”老本似乎这会儿才意识到托比的处境，“这样的夜晚，你不应该坐在马车外面。你在这儿等一下，我看看能不能帮到你。”老本匆匆走到帐篷的另一头，还没等托比反应过来，他就回来了。

“没事了。”老本开心地说，但是又换上了无奈的语气，好像在宣布什么不幸的事，“不过你得去坐女人们的马车。跟我来吧。”

托比毫不犹豫地跟了上去，尽管他完全不知道“女人们的马车”指的是什么，因为他从来没有见过任何叫作“女人们的马车”的东西。

不过，答案很快就揭晓了。老本站在一辆长长的有盖马车的旁边。这辆马车看起来更像一辆公交车，只不过它还要长一些，里面的座位用扶手隔开，墙上还有衬垫，靠在上面应该会很舒服。

“这就是我跟你们提过的那个男孩。”老本向马车里的人们介绍道。他把托比抱上马车的台阶，轻轻地推了一下，示意托比进去，然后自己离开了。

第十一章　暴风雨之夜

托比走进车厢，看见车里几乎全是女士和小孩。他害怕自己无意间占了别人的座位，只好站在车厢中间，踌躇不前。托比站了将近五分钟，马车就要开动了，一位好心的女士问他："你为什么不坐下呢，小娃娃？"

"嗯……因为……因为，"托比看了看周围仅剩的三两个空座位，吞吞吐吐地说，"我不想占了别人的座位，我不知道该坐哪里。"

"过来吧，"一位老太太指着一个空座位对托比说，"平时坐在这儿的人今晚不会过来了，你可以坐这儿。"托比看到，这个空座位旁边坐着一个和他年纪差不多的小女孩。

"谢谢您，夫人。"托比对老太太道完谢，怯生生地坐了下来。托比只坐在了椅子的边缘处，不敢舒舒服服地完全靠着椅背。一方面，托比和一群女士坐在一起感到非常尴尬；另一方面，他又庆幸能躲过瓢泼大雨。

马车开动了，车里的乘客都开始和邻座的伙伴聊天，只有托比不知所措，内心感到一阵凄凉和孤独，甚至开始后悔自己没跟老本一起坐在运猴子的马车上，在那里他至少还有人可以聊天。托比将身子一点一点慢慢往后靠，逐渐躺成一个舒服的姿势。现在，他可以把坐在自己身边的这位小姑娘看得更清楚一些了。

她看上去和托比年纪差不多，但个头却更加娇小。与之不相匹配的是，她的神情却表现得相当成熟老练。恍惚之间，托比甚至在想象这是一个有着小孩子身躯、穿得下小孩子衣服的老太太。托比出了神，小姑娘自然也注意到了托比，主动开口询问："你叫什么名字？"

"托比·泰勒。"

"你在马戏团是做什么的呀？"

"为洛德先生卖糖果。"

"哦！我还以为你是新来的演员呢。"

从她的语气里，托比听出了一丝失望，因为自己不是演员，所以在她心里的地位一下子下降了。过了一会儿，托比才敢继续说话，他怯生生地问道："那你是做什么的？"

"我和妈妈一起表演马术。"

"你就是那个和一位女士骑着四匹马出场的小姑娘吗？"托比一下子肃然起敬，他没想到自己竟然能和马戏团里的明星人物交谈。

"是的，我就是。我表演得不好吗？"

"不不不，你是一个完美的小……小……仙女！"托比犹豫了一会儿，才找到一个他认为最合适的词，于是他大声地喊了出来。

这番赞美似乎使这位年轻的“女士”很是受用，不一会儿，她就和托比成了非常要好的朋友，也不在意托比只是个帮助卖糖果的地位低微的小孩儿了。托比告诉她关于猴子们逃跑的那场意外以及有关斯塔布斯先生的一切。作为回报，她告诉托比，她的名字是艾拉·梅森，不过在马戏团的宣传单上她被称为“珍妮特小姐”。

两个孩子坐在一起聊了很长时间才停下来，然后珍妮特小姐把身体蜷缩起来，枕在她妈妈的身上睡着了。

托比的心里产生了一种从未有过的奇特的感觉，他决定保持清醒，仔细看看这位小姑娘。但是做出这个决定还不到五分钟，托比就睡着了，他直挺挺地坐在颠簸的马车里，圆圆的小脑袋不停地上下、左右摇摆，到后来简直要被摇断了。

托比醒来的时候，马车已经停到了路边。太阳出来了，真是阳光明媚的一天，人们正在为进城做准备。托比听到洛德先生正用那刺耳的嗓音大声喊着他的名字，这可怕的声音预示着待会儿准不会有好事发生。

托比这会儿甚至都不想出去见他那愤怒的雇主，但是他心里清楚——越是拖延，那么最后见面时他只会越惨。托比在心里不断给自己加油打气，准备出去迎接即将到来的“狂风暴雨”。昨天晚上刚结识的小女孩还在睡觉，托比不想把她吵醒，非常绅士地弯下了腰，轻轻地吻了吻她的裙子当作道别。

很不幸，托比从马车里走出来的那会儿，洛德先生正在气头上。他看到托比下了车，迅速往四周扫了一圈，确信托比的朋友们此刻不在附近，就立刻抓住托比的衣领，用他平时随身携带的橡皮手杖狠狠地抽打托比。

约伯·洛德把这个可怜的男孩拽得双脚离地，他每打一下，托比就哀嚎一声，惨叫声几乎传遍整个马戏团车队。“好哇，你在这里交了朋友，仗着有人给你撑腰，你就一点儿活都不想干了……”洛德恶狠狠地边打边骂，手上的力道又增加了一倍。

“哦，停下！请停下！求求您了！”托比痛苦地尖叫求饶，“您吩咐我做什么我就去做什么，只要您别再打我了！求您了……”

托比无助又可怜的恳求对这个残忍凶狠、毫无同情心的家伙没有起到任何效果，洛德丝毫不理会这孩子的惨叫，继续大力抽打，直到自己的胳膊抽酸了才停下来。托比的身上布满了一道又一道青灰色的淤痕。

“现在我看你还能不能好好地干活儿！”洛德一边说，一边把托比用力推开，让托比打了个趔趄，转了几圈，差点儿掉进路边的小溪里，“我要让你明白，我要是真想揍你一顿，你在马戏团的任何朋友都帮不了你！现在去做你一小时前就该做的工作！”

洛德先生仿佛打了胜仗一般，趾高气昂地走开了。托比忍受着痛苦，一瘸一拐地走向装运糖果摊货物的马车。这时，一只小手牵住了托比的手，一个女孩的声音在他身后响起：“别哭，托比。等我长大了，总有一天我会让洛德先生后悔他那样打你！我现在也不算太小，我马上去告诉他我的看法。”

托比回头一看，原来是昨晚刚认识的那个小姑娘艾拉。他极力忍住眼泪，伸手把泪痕擦干，可说话的声音里还是有些哽咽：“谢谢你，你真是太好了！你都为我感到难过，这一顿打我也就不在乎了……我想我是活该挨打，谁让我从丹叔叔身边逃跑了呢！”

“你很疼吧？”艾拉充满同情。

“他打我的时候是很疼，”托比勇敢地回答道，“但是现在你来了，我就一点儿也不疼了。”

“那我现在去和洛德先生谈谈，等我们进了城，我再来看你。”艾拉说完，急忙跑去告诉卖糖果的小贩她的看法。

就像进入马戏团以来所有的日子一样，托比怀着沉重的心情工作，他一次又一次地数着好心的陌生人给他的小费，心里盘算是否够他逃跑。他现在总共积累下来三美元二十五美分，虽然他觉得这笔钱已经很多了，但他还是不能肯定这些钱可以让自己回到那个被他无情抛弃的家。每当想到那个家，想到好心抚养他这个没人要的孤儿长大的丹尼尔叔叔，托比就感到无比温暖。但是，他转念又想到自己可能没有资格回家了，甚至都不如丹尼尔叔叔经常讲的书里的浪子，他的心就沉了下来，冰冰凉凉的。即使他能幸运地重返吉尔福德镇，恐怕丹叔叔也不会允许他留下来了。一想到这，托比就愈发觉得害怕。

恐怖的日子一如往常，毫无盼头。托比费尽心思、用尽力气也没法让两位雇主其中的任何一位感到满意。好在一脸可怜的托比又得到了观众的小费，充实了他第二次逃跑计划的“小金库”。每一个硬币都让托比的心中轻快了一些，也让他的生活没有那么难以忍受。

整整一个星期，托比每天都很幸运。每一个白天，“小金库”里的金额都在增长；每一个夜晚，托比都觉得他好像离自己热切渴望的自由又近了一些。

骷髅先生、胖夫人、老本、白化病姐妹、小艾拉，甚至还有吞剑者，他们会在托比工作的间隙时不时与他见面，或者在准备入城巡游时看望他。每当这时，他们都会对托比说一些亲切的安慰话语。

托比一直觉得时间过得很慢，可是星期天居然又到了——总是这样出人意料。这一天，老本找到托比，让他好好把脸和手清洗一番，最后简直洗得发亮，然后带他去了教堂。

离家出走之后，托比总觉得自己已经丧失了去教堂的资格，能够再一次站在教堂里，托比觉得真是一件令人愉快的事情。中午回到帐篷，回想起刚刚在教堂参加的活动，这是他自离开吉尔福德镇以来内心感到最轻松的时光了。

骷髅先生邀请托比再次参加午宴，但托比婉言谢绝了，只答应晚饭时会准时到场。他不想再经历一次演讲的“折磨”了。此外，托比还想和斯塔布斯先生一起去森林，在那里他可以享受森林的宁静，森林里的一草一木就像他的朋友一样，森林里温馨的气氛能让托比想起温暖的家。

托比像往常一样带着猴子，询问前往树林最近的道路。都没等吃上午饭，他就出发了，准备去享受一个安静的下午。

第十二章　丢钱事件

马戏团这次在星期天停留的镇子非常小，托比步行十分钟就走到了一片茂密的树林。他找到林子深处一片僻静的草地，躺在了长满青苔的柔软的地面上，尽情享受着自由的时光。

托比仰面躺着，双手枕在脑袋下，眼睛望着头顶的树梢。鸟儿在那里叽叽喳喳地歌唱着，松鼠们无拘无束地嬉戏着，猴子先生则用自己的方式取乐——它从一棵树爬到另一棵树上，用尾巴倒吊着，从一根树枝荡到另一根树枝上。猴子先生玩得很开心，也把它的小主人逗得哈哈大笑。后来它玩累了，就蹑手蹑脚地爬到托比身边，心满意足地躺下休息。

托比想一个人待着，主要也是因为他想考虑一下逃跑计划，他觉得自己攒的钱已经足够为他重获自由，回到丹尼尔叔叔温馨的家放手一搏了。当猴子依偎在他身边时，托比准备向它吐露这三天来完全占据他小脑袋的秘密。

“斯塔布斯先生，”他一本正经地对猴子说，“我们过一两天就要逃走了。”

斯塔布斯先生似乎一点也没有被这个令人惊讶的消息所打动，只是漠不关心地眨了眨它明亮的大眼睛。但托比似乎认为猴子先生完全明白了他的意思，继续说：“我现在有一大笔钱，我想这足够我们开始新生活了。未来某一天的晚上，我们会逃出马戏团，先在某个地方躲一阵子，等他们不再找我们，我们就回到吉尔福德。然后我去跟丹叔叔忏悔……如果他还能收留我们的话，我再也不会在祝祷时睡觉了，我会尽力变成最乖最乖的孩子……现在来看看我们有多少钱吧。”

托比之前费了老大的功夫才在衬衫上做了一个口袋，现在他从隐秘的小口袋里掏出一小袋银币，摊在地上，准备清点一遍。

闪闪发光的硬币立刻引起了猴子的注意，它想方设法地把小爪子伸进那堆硬币里，但是托比不允许它这么做，粗暴地把它推开了。调皮的猴子先生却变得更加兴奋了，围着托比的“小金库”又跳又骂，让托比很难集中精神去数钱。

第十二章　丢钱事件

托比好不容易把钱数清楚了，他小心翼翼地把钱放回袋子里，对猴子郑重地说：“这个袋子里有七美元三十美分，每分钱都是属于我的。斯塔布斯先生，这应该足够我们用一段时间了，等我们到家的时候，我们就会是有钱人了。”

猴子把手伸进托比的衣服里，想找到它刚刚看到的那个装了金闪闪宝贝的口袋，仿佛在表达它得知这个消息的喜悦。有那么两三次，它成功地把袋子翻了出来，逗得托比哈哈大笑，它自己也乐得手舞足蹈，不过托比很快就把袋子又夺了回去。

树林里的影子开始变长，托比注意到天快要黑了，抓起猴子的胳膊就朝马戏团的帐篷走去。

托比一边走，一边严肃地嘱咐他的宠物，但是猴子的心思全在那些闪闪发亮的硬币上，拼命地想要够到它们。最后托比失去了耐心，给它脑袋上结结实实地拍了一下，猴子先生这才安静下来。

那天晚上，托比在骷髅先生的帐篷里和他们夫妻俩一起吃晚饭。尽管这顿饭是用午宴上剩下的火鸡肉做的，但他仍旧吃得很开心，比上次参加午宴要开心多了。在那场盛大的派对上，他必须发表演讲，这对托比来说，简直就是“酷刑”！

晚餐没有其他客人，只有托比一个，特雷特夫妇对托比还是跟往常一样友好，甚至照顾得更加周到了，这反而让托比不禁担心自己会不会吃得太多了，以至于必须得喝那个什么猫薄荷茶——胖夫人说她在骷髅先生吃坏肚子时，就会给他喝这种茶。骷髅先生吐出了好多火鸡骨头，在盘子一边堆得高高的；而那位可爱的胖夫人则一有机会，就在盘子的另一边，把各种食物堆起来。吃了一会儿，托比站起来，把椅子推回去——他吃饱了。

晚饭后，托比和特雷特夫妇聊了聊洛德先生的脾气，经过一番深入又恳切的交谈之后，托比向自己善良的朋友们吐露了准备逃跑的决定。

“我非常不愿意让你走，”特雷特太太沉思了一会儿，又继续说道，“但是如果你能成功逃脱，离开这个可恶的约伯·洛德，对你来说是件好事。不过你千万不能让他知道你有离开的想法，那样他就会像猫盯着老鼠一样，时刻盯着你。只要他觉得能够一直困住你，让你给他打工，就绝不会让你离开。我之前听见他告诉一个车夫，说你卖出的东西比他雇过的其他任何一个男孩都要多，他打算这一季都把你留在身边。”

“你做事要足够仔细谨慎哦，我的孩子。”骷髅先生先生把一个大靠垫放在扶手椅上，准备饭后小憩一会儿。他故作高深地继续补充：“在你开始行动之前，一定要做好万全的准备。真要走了，一定要跑得远远的；如果被他抓到，你会遭殃的。”

托比向他的朋友们保证，一旦真的开始行动，必定会全力以赴争取成功。贴心的特雷特太太还考虑到了托比逃跑以后路上的吃饭问题：“你要走的那个晚上，过来告诉我，我给你打包点吃的，这样在你走到能买食物的地方之前，就不会挨饿了。”

当这些善良的好心人和托比温和地交谈，当他们准备用自己能力范围之内的一切方法来帮助他，托比不由得心生感慨——哪怕是最恶劣的沙漠，也可能开出最娇嫩的花朵。在这样一个困难重重的地方，他还交到了这么多善良的朋友，这真是太幸运了。

一直等到外面传来了马戏团准备启程的吆喝声，托比才恋恋不舍地离开了骷髅先生的帐篷。斯塔布斯先生紧紧地贴在他的怀里，而他则快步走向马车，老本已经准备好出发了。

“来啦，托比，”老车夫笑着说，“我刚还在担心你会让我等你呢，这可是头一遭。快跳到箱子上去，我们没有时间可以浪费了，这一路你恐怕得把猴子抱在怀里了，因为我现在不想停下来打开笼子。”

“好的，我抱着它好了，我挺愿意的。”托比说着，爬上了高高的座位，把他的猴子先生舒舒服服地搂在怀里。

没多久，当头拉重物的马车启程了，整个马戏团也开始缓缓移动。“现在告诉我，今天我离开你之后，你都干了些什么？”等他们离开了小镇，老本可以放心地让他的马跟着前面的队伍走的时候，他问托比，“你见过骷髅先生和他那山一样高的妻子了吧？”

托比把自己去了哪里、做了什么都清清楚楚地讲给老本听。说完这些之后，停顿了一会儿，托比告诉老本他决定逃跑，并征求老本的意见。

“我的建议是，”久经沧桑的老车夫说完这五个字，又思忖片刻，然后慎重地说道，“你要尽快离开这个马戏团。这个地方不适合你这个年龄的男孩，你越早回到原来的家、越早上学，以后就会越好。但是如果约伯发现你有离开他的念头，他会用尽一切手段来阻止你离开。”

托比向老本保证，就像他向骷髅先生和他的妻子保证的那样，他会非常小心，他的计划也会极其保密。然后他问出了关键的问题，他要回家的话，他现在存的这些钱够不够用。

“哦，那就要看情况了，”老车夫慢吞吞地说，“如果你像之前的男孩们经常做的那样，到处乱花钱，拿这点钱可走不了太远。但是如果你在每次花钱之前三思而后行，那这些钱就够你回到家去，甚至最后可能还能剩下一两美

元哩。”

两个人愉快地交谈起来，老本给托比提了一些可行的建议。托比困得眼睛都睁不开了，老本却还没说完那些睿智的忠告。老车夫喋喋不休的忠告在托比耳朵里，逐渐变成了一支摇篮曲，托比伸展四肢，很快进入了梦乡。经过这些日子，托比已经掌握了在马车顶上睡觉而不被甩脱的技能。

猴子先生乖乖地依偎在托比的怀里，但不像它的小主人，它一点儿也不困。它把头从外套里探进探出，一双狡黠的小眼睛好像在观察托比是否睡着了。

不知过了多久，突然，托比感到脸上火辣辣的，仿佛猴子先生在他脸上跳起了角笛舞①，耳畔还传来了刺耳尖锐的喧闹声。

托比立刻清醒过来，心里一阵莫名的恐惧。他快速环顾四周，想找出猴子先生如此兴奋的原因。老本已经背靠在箱子上睡着了，马儿们跟随着前面的队伍慢慢行进，一切都井然有序。托比很是疑惑，因为他没有看到任何能引发猴子先生如此兴奋的东西。

“躺下，规矩点。”托比严厉地命令道，同时抓住了猴子先生的项圈，让它安分一点。

---

① 角笛舞，一种欢快的英国民间单人舞，常常是水手伴随角笛音乐起舞。

第十二章　丢钱事件

这时候，托比突然看到猴子先生把什么东西扔在了马路上，而另一只爪子还紧紧抓着什么。托比懒洋洋地挪动了下身体，费了一小会儿工夫，抓住了猴子先生的爪子。当他掰开爪子，看清楚里面攥的是什么之后，托比发出了一声极其凄厉的惨叫。老本一下子被吵醒了，惊慌地从座位上跳了起来。猴子先生也被吓到了，像一只被鞭打的小狗，颤抖着、呜咽着。

“怎么了，托比？怎么回事？”老本望向前方的黑夜，以为路上突然发生了什么危险，“我什么也没看见啊，怎么回事？发生了什么？”

“斯塔布斯先生把我所有的钱都扔掉了！”托比绝望地喊道，手里拿着那个几乎空空如也的袋子——不久之前，这个袋子里还装满了钱币。

“它——把——钱——扔——了？”老本一字一顿地说，好像没听懂似的。

“是的，”托比忍不住抽泣起来，他把袋子里剩下的东西抖落出来，“只剩下半美元了，其他都没了。”

“其他都没了！”老本又重复了一遍，终于回过神来，“可是这猴子是怎么拿到你的钱的呢？”

“我们下午在树林里玩耍的时候，他就想抓这些钱了。我猜，我一睡着，它就在我的口袋里摸索。我醒来的时候，正好看见它还在扔，现在就只剩下这一点儿钱了。”托比又一次把袋子举起来，好让老本看到。

此刻，巨大的悲伤就像在托比心里挖了一个深不见底的大窟窿，怎么也堵不住了。

老本一句话也说不出来了，整件事的来龙去脉已经相当清晰了——托比睡着的时候，这猴子拿走了钱袋，把里面的钱一块一块地扔掉了，只当是闹着玩。老本知道，那一小笔钱在托比的眼里代表着自由。他觉得现在不管说什么都无法减轻托比的悲痛，于是他选择保持沉默。

“你觉得我们可以回去把钱捡回来吗？”这可怜的孩子情绪稍稍平缓了一些。

“不，托比，这些钱丢了就是丢了。”老本悲伤地回答道，“就算是在白天，你也找不回这些钱了。更何况现在是黑夜，一点机会也没有了。别为这件事难过了，好孩子。我想想，我们能不能想出别的方法来弥补你的损失。”

托比只听了前面的一半，根本没有心思把老本后面的话听进去。他把猴子先生抱到胸前，身体不住地颤抖、摇晃，仿佛发生了痉挛一般。“噢，斯塔布斯先生，你为什么要这么做？——你为什么要这么做？那笔钱可以让我们离开这个可恶的地方，我们可以回到丹叔叔家，在那里你和我都会非常快乐，但现在这一切都泡汤了。斯塔布斯先生，你怎么能做出这么坏、这么坏的事情？是什么让你变成这样？你究竟为什么要这样做啊！”托比仿佛要从这场灾难的始作俑者嘴中得到一个答案，声音里充满了悲凉和绝望。

“别这样，托比，别这么难过了。”老本试着安慰托比，“毕竟那也没有很多钱，你很快就能赚回更多的钱。”

“哪有很快！等我下一次再挣到这么多钱的时候，我们……我们原本应该回到丹叔叔那个房子很久了。”托比哽咽着说。

“你说得对，我的孩子，但是你必须振作一些，不要太灰心。也许我能想出个办法来，让大家凑钱帮你弥补一下。好好揍斯塔布斯一顿吧，或许这会让你感觉好一些。”

“不，我不能这样做。那也没法把我的钱找回来了。更何况，我不想打它，”托比听到老本的这个建议，紧紧地抱住自己的猴子伙伴，喃喃地说道，“我知道挨鞭子是什么滋味，我连一条恶狗都不会打，更不用说是斯塔布斯先生了，它并不明白发生了什么。”

“既然如此，那么你必须试着像个男人一样接受这件事。”老本想不出别的办法来安抚这个可怜的男孩，“事情并没有那么糟糕，你必须保持沉着冷静，虽然目前很难做到。”

不管遇到什么困难都保持沉着冷静——这句话无论什么时候说起来都很容易，但一旦身处托比的处境，恐怕任何人也没法做到。至少，在刚刚知道的这段时间里，托比完全没法做到冷静。托比继续来回摇晃猴子先生的肩膀，一会儿在它的耳边低语，一会儿又哭得撕心裂肺，就这样折腾了近一个小时。

老本试着用他那粗糙但质朴的话语安慰托比，但是没有成功。一直等到托比哭得都没力气了，他才听得进去老本跟他讲的道理。

在这段时间里，猴子先生一直保持安静，任凭托比怎么摇晃，丝毫没有逃跑的意思。它好像知道自己做了错事，时不时用忏悔、无辜又可怜的眼神，抬头看看托比，搞得托比最后于心不忍，反而向它保证说已经原谅它了，并请求猴子先生不要这么难过。

第十三章　托比尝试辞职

也不知过了多久，托比稍微平静了一些，可以谈论自己的损失了，他开始盘算，如果这笔钱没有弄丢，可以用来做些什么。

“听着，托比，”老本认真地说，“不要去做这种没用的盘算了。钱已经没了，你也不能只靠嘴巴说一说，就把钱给找回来，所以对你来说，最好不要再想如果没丢钱会怎么怎么样，就当这笔钱打了水漂吧。”

“但是……”托比心有不甘。“没什么‘但是’，我告诉你，”老本斩钉截铁地打断了托比，“别再跟我说那些于事无补的事情了，想想你将来怎么挣更多的钱吧。你想怎么收拾这破猴子，都随你的意，但是不要为你没法改变的事情而耿耿于怀。”

托比知道老本是对的，也努力想付诸实施，但他做不到。无论如何，今天晚上他很难再安心睡觉了。天快亮的时候，车队停了下来，等待合适的时间进城，这时候的托比满脑子里还在想，他原本可以拿那笔钱做些什么。

当他把猴子先生放进笼子，准备开工的时候，托比说了唯一一次重话："如果你不做那件坏事，你被关进笼子的次数就会大大减少；如果我们有了那笔钱，那么明天晚上，我们原本就可以离开马戏团，回家去找丹叔叔了。现在你把咱俩的逃跑机会都给毁了，我希望不用等到午饭，你就能意识到自己做了什么，然后你就会和我昨晚一样难过。"

托比觉得这只聪慧的猴子完全听懂了，因为它静静地走到笼子的角落里坐了下来，远离其他猴子，看起来非常后悔和沮丧。而托比也心情沉重地开始了一天的工作。

在失去这些钱之前，托比的处境已经非常艰难了——他要忍受约伯·洛德和他的搭档雅各布斯无休止的虐待。每当托比被这两个雇主轮番打骂的时候，他就安慰自己说："再忍一忍，摆脱这两个残忍的家伙，不会用很久的。"这种想法给了他力量，让他能够承受一切折磨。可是现在，丢钱的痛苦如同新添的伤口，让他的处境加倍难熬。

挣脱束缚的时间似乎变得遥遥无期，托比听到的每一个残酷字眼、接受的每一次恶毒殴打，都让他比以往更加悲伤。托比忍不住不断地在心里抱怨，如果不是猴子先生捣乱的话，他几乎马上就可以摆脱这悲惨的命运了。

如果说托比之前的模样只是透着一股可怜，那么现在他脸上的神情就是真正的悲伤。当他在帐篷里硬着头皮叫卖“请品尝下冰柠檬水吧！”或者“新鲜出炉的花生，一夸脱[①]十美分！”时，观众中总会有一些善良的人们因为这孩子痛苦哀伤的眼神而无比同情他，买完会多给几美分小费，甚至根本不买任何东西就给他钱。因此，托比的“逃跑资金”再一次慢慢积累了起来。

马戏团里知道托比逃跑计划的朋友们都尽力安慰他。骷髅先生和胖夫人——这对好心的夫妇从他们微薄的收入中拿出一部分试图硬塞到托比手里，但是托比坚决不收。夫妻俩苦口婆心地劝说，讲了很多他们想要帮助托比的理由，但托比坚持拒绝：“谢谢你们的好意”。

托比下了决心，在他靠自己的努力挣到足够的钱回家之前，他会继续留在洛德先生和雅各布斯先生那里，尽量忍受下去。

“如果没有丢钱会怎么样？”这个想法始终在托比的脑海中挥之不去，每一分每一秒都在折磨他，以至于他最终做出了一个大胆的决定——告诉洛德先生他不想再跟着

① 夸脱，英美计量液体或干量体积的单位。用作液量单位时，1 美夸脱约等于 0.946 升。用作干量单位时，美制约等于 1.101 升。

马戏团四处漂泊了。

托比已经做完了两个多星期的工作，洛德先生答应给他的两美元工钱还没有付，马上这一周的工钱也该结了。如果他能够要到这笔工钱，再加上他存下来的钱，完全足够买火车票回吉尔福德镇了。如果要不到这笔工钱，托比打算再去接受骷髅先生的“赞助”，来补足所需的费用。

当然了，托比内心一万个不愿意去找洛德先生讨薪辞职，但是一想到有可能成功，他就鼓起了一些愚蠢的勇气。在托比丢钱之后的第三天，他刚刚做完工作，洛德先生看起来心情非常好，于是托比决定试一下运气。

这天的生意特别好，洛德先生跟托比说话的时候甚至会主动开开玩笑。他吩咐托比把装柠檬水的桶加满，而所谓的柠檬水其实味道已经很淡了，托比没倒多少就停了下来，因为他觉得如果再兑水，他们卖的这玩意儿就没法保留任何柠檬味了。可洛德先生让他再添一夸脱水，托比只好照办。

“如果你在马戏团里调制柠檬水出售，”洛德先生的语气是那么和蔼，让人很难相信曾经那些难听的话都是从同一张嘴里说出，“不要怕加水，利润就在水里。只要保证每个杯子里都有一片柠檬皮浮在上面，人们就会觉得那味道和成本翻倍的柠檬水一样好。”

第十三章　托比尝试辞职

托比非常不赞同这个主意，但他知道表示反对是不明智的，特别是在他要请求辞职之际——请辞算是欠洛德先生一个人情，因此托比重重地点了点头，开始搅拌洛德称之为柠檬水的东西，让柠檬皮彻底和水混在一起。

有那么两三次，托比打算开口，但每次他的话都卡在喉咙里，托比觉得自己永远也不可能说出来。

最后，托比终于鼓起勇气结结巴巴地试探性地问道："洛德先生，你觉得你可以在这镇上招到另一个男孩吗？"

洛德先生顿时侧过身子，让他那斜视的眼睛可以正对着托比，然后狠狠地瞪了托比一眼，接着便是长时间的沉默。托比的脸色变了又变，他的心因为焦虑和恐惧而跳得飞快。

最后，洛德先生终于打破了沉默："假设我可以招到，怎么着？你以为我的生意这么好，能养得起两个男孩，让他们天天闲着吗？就这么一点儿活儿，一个小孩来干都绰绰有余。"

托比更加用力地搅拌柠檬水，仿佛这样能让柠檬水味道更浓，也让自己的勇气更足。"我没有这样想过，但是你看，我……我总该回家去呀，因为丹叔叔会担心我的，而且，我……我也不太喜欢马戏团。"托比最后几乎听不到自己的声音，但洛德先生却听得一清二楚……

这位可怕的老板又一次沉默了，那只歪斜的眼睛再一次怒视着托比。

“那么，”洛德先生说话的时候，托比仿佛可以看出他的怒气正在迅速上升，“你现在不喜欢马戏团了，你开始觉得你的丹尼尔叔叔会担心你，嗯？我要让你明白，你喜不喜欢马戏团不关我事，我也不在乎你的丹尼尔叔叔有多担心！你的意思是，在我费尽心思教会你做生意之后，你想离开我？”

托比垂下了头，把脸朝向水桶，拼命地搅拌柠檬水。

“我供你吃喝，在你身上花了这么多时间，如果你认为你可以不用偿还这些就离开这里，那你就错了。你跟着我的这些日子，过得太轻松了——对了，太轻松，这才是你浑身不自在的原因。现在，只要让我再听到你说‘离开’这两个字——只要再说两个字一次——我就让你知道什么叫作皮开肉绽。以前的鞭子，我都是跟你闹着玩的。现在，只要让我在你眼睛里看到一丝要离开的念头，你就会知道什么叫作真正的挨鞭子。你也不许在夜里偷偷溜走，你要是敢逃，我就去把你抓回来，送你进监狱！你最好管好你的眼睛，不要让我发现……”

如果不是马戏团里的首席骑手及时把洛德先生叫到一边说话，真不知道洛德先生威胁恐吓的“激情演说”还要持续到什么时候。

L.A. ROGERS.

可怜的托比，他只是提了一个正常、合理的建议，就引起这么一通威胁。他被骂得晕头转向，根本无心注意周围发生了什么，直到他听见那两位先生的对话中出现他的名字。托比担心会有新的不幸降临到他头上，就竖起耳朵专心地听了起来。

“恐怕你把他要过去也没什么用，卡索尔，”托比听到洛德先生怪声怪气地说，“他说了，已经受够了这种生活，我猜他接下来要做的事情，就是想办法逃跑。”'

“约伯，他要逃跑确实是个风险，但我愿意冒这个险，”托比听见另一个人说，“我想试试看。每天 11 点到 12 点你把他交给我，那会儿反正你生意也不忙。他未来两年内挣到的钱，我会分给你一半。要不这样，如果他在这一季结束前就溜走了，我会为他每天缺的这一小时给你补偿。”

托比知道这两个人在谈论他的未来，但是他怎么也听不懂这些话预示着什么。

“你打算先拿他做什么？”约伯问。

“先把他带到表演场去，我教他骑马。我是说真的，约伯，这孩子挺聪明的，不等这一季结束，我就能把他调教好，让他做一些无马鞍的马术表演了。说不定在我们到达过冬营地之前，我们就能从他身上挣到钱了。”

第十三章　托比尝试辞职

托比现在完全明白了，他知道自己的命运即将迎来又一次转折——要在这位卡索尔先生手里变得更加艰难。可怜的小托比，此前的遭遇已经超过他所能忍受的极限了，他经常听人说起卡索尔先生，据说他在待人残忍这方面和洛德先生不相上下。这两个同样残忍的男人朝大帐篷走去详谈，把托比留下来招呼顾客。托比愁眉苦脸、满腹心事，而几个小顾客则用无比羡慕的眼光看着托比感叹："能成为马戏团的一员可真是太棒了！"

那天晚上，托比在乘车赶夜路的时候，把自己听到的消息告诉了老本，满心期待这位老朋友会安慰他。但是老本却并没有成为托比希望的那种锄强扶弱的英雄侠士。他对这件事有另一番看法，用老本自己的话说，他在马戏团里"待了这么久，从小孩儿长成现在这样一个汉子，将近四十年了，学习骑马算不上什么不幸的事"。

"那个卡索尔对小男孩儿确实有点粗暴，"老本补充道，"不过，小托比，学骑马对你可是件好事。虽然你以后还会跟着约伯一段时间，但你不再只是个卖糖果的男孩了。等你完全掌握骑马技术之后，那就是另一副光景了，你可以赚很多钱，然后自己说了算。"

"但是我不想待在马戏团里，"托比呜咽着说，"我不想学骑马，我想回到丹叔叔那里去。"

“我知道，托比，但是世上没有后悔药。”老本说，“你想啊，你之前有机会待在你的丹尼尔叔叔身边，你也没有待下去，而是来加入了马戏团。现在，你已经把想要离开的打算完完全全地告诉了约伯，那他就会一直盯着你，不可能让你轻易溜走。你嘴快的后果是什么？那就是，无论如何你暂时都跑不掉了。既然困在马戏团，那就最好努力学点什么，也许等你学会骑马，你就想留下来了。我到时候会替你留意，让他们把你该有的工钱都发给你，当然，这里面得扣除给卡索尔的学费。”

“我不想留下来！”托比要起了小脾气，“就算我能骑遍所有的马，就算我每天能挣一百美元，我也不想留下来！”

“认清现实吧，我的孩子。你现在一匹马也不会骑，你每周只能挣到一美元。而且，我看不到你有任何逃跑的希望。”务实的老本给撒泼的小托比泼了一盆凉水，然后扭过头去，专心驾车，任由托比独自伤神。

现在，托比非常肯定，所有离家出走的男孩子都不会有好日子过的，除非是在故事里。

第二天上午，托比遇到一个跟他差不多大、和他一样长着红头发的男孩，这个男孩从托比手里买了三分钱的花生和两块糖果，这令托比十分兴奋。正当这个男孩试图说服托比看在他买这么多东西的分上，再送他一块口香糖时，洛德先生把托比叫到了一边。托比知道麻烦就要开始了。

“我想让你进帐篷去见一下卡索尔先生，他会教你怎么骑马。”洛德先生语气相当和蔼，仿佛给了托比天大的恩惠。

如果托比有胆量的话，他会当场反对，拒绝离开摊位。但是，托比没有这么大的勇气，更没有底气，他只好顺从地进入帐篷，一步一挪地向表演场走去。

第十四章　可怕的卡索尔先生

走进表演场，眼前的一切让托比呆若木鸡。一匹装着宽大木质马鞍的白马正被人牵着，缓缓地绕场前行，而卡索尔先生则站在一边，手里拿着一根长长的鞭子。场地中央竖立着的帐篷杆上伸出了一个长长的横杆，沿着横杆的方向固定着一条长绳，一头顺着帐篷杆延伸到地面，而另一头在横杆的末端垂下去，系着一个皮质的腰带，在空中来回晃悠。

看到眼前这架势，托比猜到了七八分。唯一让他不明白的是帐篷杆上竟然有这么一个向外突出的木结构装置，看起来就像一个绞刑架……绞刑架！想到这里，托比登时汗毛直立，在原地站住了。

“过来，”卡索尔先生看见托比站在门口，边抽着鞭子边转过头说，“你怎么不早点过来？”托比隐约感觉到了一丝不祥的气息。

“我一直在忙，洛德先生刚刚才派我过来的。”托比轻声回答道，但他没指望卡索尔先生会接受他的解释。自从他“光荣”地加入马戏团之后，他做的解释就总是不被接受，甚至经常给他带来灾祸。

“那我要正告你的洛德先生，从现在开始，你在我这里要待满一整个小时，要不然，我和他之间可就有麻烦了。”如果当时卡索尔先生拿着他的长鞭子出去找洛德先生的麻烦，托比会蹦得比猴子先生还高。但是卡索尔先生没时间过去，这会子他正忙着思考接下来怎么折磨托比，你瞧，他立马动手了。

“好了，赶紧进去！不要再浪费时间了！”卡索尔先生厉声说道。托比好奇地环顾四周，不太明白自己应该进哪里去，小心翼翼地询问：“接下来我需要做什么呢？”

“脱掉你的靴子、外套和背心。”

托比立刻用最快的速度脱掉了外套，仿佛学骑马是他长久以来的心愿。托比是个聪明的小家伙，他知道自己只有一条路可走，那就是乖乖地学骑马。于是，他非常识时务地告诉自己，最好的对策就是完全服从他的新主人，一点也不要质疑！

W.A.Rogers

卡索尔先生显然已经习惯了别人对他言听计从，他不仅认为托比的行为是理所应当的，还使劲催促托比动作再快点。令人发怵的卡索尔先生不停地冷脸催促，不停地抽打鞭子，早已被吓破了胆的托比很快就完成了所有的准备工作。

现在，站在卡索尔先生面前的小娃娃，脱得只剩衬衫、裤子和长袜。

那匹马被牵到托比旁边，当卡索尔先生准备伸手扶托比上马时，托比迅速地跳上了马背，并没有让他帮忙。这给卡索尔先生留下了相当不错的印象——这是个听话又机灵的孩子。

“现在，你要站在马鞍上，”教练卡索尔一边说，一边把“绞索架”上吊着的皮带拉下来，套住托比，在他腰间扣紧，“尽量不要动。你不会掉下去的，绳子会把你吊起来，就算马从你身下跑出去，你也不会掉下去。如果你仔细留心自己的动作，就一点儿都不难；如果你走了神儿、做不好，这鞭子会教你怎么做好。现在你给我站起来。”

托比按照吩咐站在了马背上。白马被人牵着慢慢行走，长长的皮带拉着托比，他很容易就站稳了。当这匹白马绕场慢走完一圈的时候，托比已经可以毫不费力地在马背上站立了。这是个不错的开头，但低难度的动作仅限于此，往后就没这么顺利了。

卡索尔先生似乎认为这样的小试牛刀已经足够让托比学会骑马了，于是他让马从慢走改为慢跑。托比立刻就失去了平衡，身下的马还在继续向前跑着，小小的托比则被悬挂在绳子上，活像一只刚被钓起来、不停挣扎的螃蟹。

托比踢腿、挥手，胡乱地挣扎，像是在空气中游泳，但是不管他怎么做，都一点儿用也没有。直到马跑了回来，托比才手忙脚乱地重新站立到马背上，这中间当然少不了卡索尔先生那长鞭的“帮忙”——鞭子毫不留情地、重重地落在托比的腿上。

“站起来！给我站起来！”卡索尔教练大叫。托比一会儿朝这边摇摇欲坠，一会儿又朝那边晃晃悠悠，一会儿好不容易能在马鞍上站直了，一会儿又被吊在绳子末端来回摇摆，整个人踉踉跄跄，像喝醉了一般，而那匹马几次几乎离他而去。

卡索尔“站起来”的吼声似乎是多此一举，托比也想马上站起来——这正是眼下托比千方百计想完成的目标。但是，哪怕托比在听到命令后更加奋力地挣扎，可这并不是托比所能决定的。到了最后，托比发现自己越是努力地站起来，就越是站不起来。

持续了整整一个小时，第一节骑马课终于上完了。虽然卡索尔先生偶尔会给托比一些不错的指导，但他更常用的方法是用鞭子用力地抽打托比的腿，打得托比几乎感觉自己腿上的皮肤已经不属于自己、全部脱落了一般。

骑马课结束时，卡索尔先生可能只会松一口气，但对托比而言，则是天大的解脱。关于马术，托比觉得自己已经受够了，一想到将来在马戏团的每一天，他都要上这可怕的骑马课，托比就陷入深深的无法自拔的悲哀之中。

走出帐篷的时候，托比停下来和他的朋友猴子先生说话。他站在笼子前喊：“斯塔布斯先生！斯塔布斯先生！”老猴子却忙着和几个年轻的同伴在高处做着愉快滑稽的杂耍动作，压根没有理他。正如托比后来告诉老本的那样，他当时真心觉得：“斯塔布斯先生因为知道他倒了霉，就抛弃了他。”

托比慢吞吞地走回糖果摊，洛德先生从帐篷的角落斜眼打量他——他的雇主似乎非常擅长在角落里偷偷张望，比起他装模作样地做出目视前方的动作要自然得多。洛德觑着眼睛盯着托比，神情令人厌恶，仿佛托比刚刚经历的痛苦给他带来了巨大的享受。

“你学会骑马了吗？”当托比走到柜台后面去做他的例行工作时，洛德先生嘲弄地扬起了嘴角。

托比没有回答，饶是他再愚蠢，也知道洛德先生只是为了挖苦他，并不是真想知道什么。过了一会儿，满脸得意的糖果摊老板迈着轻快的步子走进帐篷，留下托比一个人照看摊位。托比猜他是去向卡索尔先生询问刚才上课的效果。

到了晚上，老本也来问托比在卡索尔那儿学得如何。托比知道老本是发自内心地关心自己，摇了摇头，苦涩地回答道："我感觉我学的不是骑马，而是'荡秋千'——就是被绳子捆着在表演场地上荡来荡去的那种，'荡秋千'我还挺拿手的。但对骑马，我实在掌握得不怎么好，我每次只能在马背上站立一小会儿。"

"你很快就会好起来的，"老本轻轻地拍了拍托比，用一种老江湖关照后辈的语气说，"现在你记住我的话：你是有这个天赋的，只要你下定决心努力学，你会成为这个马戏团里最机灵的骑手之一！"

"可是我不想当什么骑手，"托比的声音听上去快哭了，"我只想回家。到时候大家就会知道，我为了回家，付出了多少代价，吃了多少苦头。"

"好吧，"老本真的不怎么会安慰人，他只能重复之前说过的话，"回家当然好，不过你待在马戏团的时候，最好还是赶紧学会骑马，并且尽快掌握诀窍。这样的话，你在这儿的日子就会舒服很多，而且一有机会，你还是可以逃跑的，这不会耽误你的大事的。”

托比知道老本说得都对，他向老本保证——他会竭尽所能，从骑马课上增长本事，至于这位安插给他的新老师，他也会尽力去取悦的。

说完这番话，劳累了一天的托比躺在座位上睡着了，一直睡到马戏团开始为进入下一个城市做准备。醒来时，洛德先生正在连声呼叫他的名字，声音还是一如既往的刺耳，一点儿温情也没有。

托比后来才知道，与之后的骑马课相比，第一节课可以算是最愉快的了。卡索尔先生期望托比能按照自己的要求准确、快速、完美地学会每一个动作，一旦托比稍有闪失，长长的鞭子就会毫不留情地抽打在托比的腿上、背上、胳膊上。到最后，小家伙浑身上下几乎遍布青一道紫一道的鞭痕。

头三节课好歹还有那个用来辅助托比在马上站立、避免摔落的木制教具，从第四节课开始，托比就必须摆脱任何工具的帮助，独自站立在宽宽的木质马鞍上。每每失去平衡，摔下马去，托比根本不指望有人会来问他有没有受伤。哦，也不是，会“关心”他的只有强壮有力的“鞭子先生”。

第十四章 可怕的卡索尔先生

与卡索尔先生相比，托比现在觉得洛德先生和雅各布斯先生竟然和善了不少。原以为跟着洛德和雅各布斯，自己的命运已经糟糕得不能再糟糕了，可是在这位可怕的骑士先生那里吃过苦头之后，托比宁愿接下来一整季都勤勤恳恳、任劳任怨地待在两位糖果摊贩那里，也不愿意再去跟着卡索尔先生上完余下的六节骑马课。

一夜又一夜，托比向猴子先生倾诉自己的懊悔与痛苦，讲述着逃跑与自由的计划，最后每每哭得筋疲力尽，才昏昏入睡。托比现在比以往任何时候都更加急切地想要离开，但是马戏团一天又一天地离家越来越远，他需要更多的钱才能实施逃跑计划。

另一方面，托比认为老本没有给予他足够的同情和关心——老本虽然不允许洛德在他眼皮子底下殴打托比，但却认为卡索尔先生鞭打托比是理所应当的，挨训挨打也是骑马训练的必要组成部分，只有这样，托比才能更快地成长。于是，与老本话不投机的托比只好把满心的烦恼对着猴子先生倾吐。所以，从他夜里下了工一直到第二天早上开工，托比都会把猴子先生留在身边。

骷髅先生和他的妻子胖夫人非常同情托比的遭遇，想尽一切办法要让这个可怜的孩子高兴一点儿。可是他俩谁也没法对卡索尔先生说出他们曾对洛德先生说过的那些话。因为卡索尔作为马戏团的骑手，地位完全不同，骷髅先生和胖夫人无权以任何方式去干涉骑手的行为。这么一来，可怜的托比就被完全困住了，他不得不尽力压制心中的烦闷，不得不忍受肉体上的痛苦，只有当他想到未来某个时间可以远离这一切，才能稍微高兴一点点。

尽管托比身心俱疲、心力交瘁，但他还是很快就学会了骑马，比卡索尔先生预料的时间还要早得多。三个星期后，托比已经可以稳稳地笔直站在绕场飞奔的骏马上，看上去毫不费力。此后，托比进步更加神速，相信很快就能成为一个非常优秀的骑手了。见到此情此景，卡索尔先生和洛德先生都心花怒放，他们想象着只要再过一年，托比就会成为他们的摇钱树。

马戏团老板对托比的训练很感兴趣，并答应卡索尔先生，只要托比再进步一些，就可以和珍妮特小姐一起上台表演。当托比骑马不会轻易跌落时，卡索尔先生就给他换了一套服装——现在他在马戏场上训练时，穿的是和其他表演者一样的服装了。

珍妮特小姐听到老板宣布她将要和托比同台表演的消息之后，开始认真观察起托比在卡索尔先生指导下的表现。她给了托比许多建议，这些建议比卡索尔的更有价值，也更容易实施。

第十四章　可怕的卡索尔先生

后来终于有一天，当托比快上完课的时候，卡索尔先生对托比和珍妮特小姐说："明天你们两个一起练习吧。"现在托比骑马已经很熟练了，不仅能够轻松地站在木垫子上，甚至能够试着跳跃穿过铁环，要知道，托比的成功率高达三分之一以上，可以说进步神速。

得知这个消息，珍妮特小姐显得十分高兴，卡索尔一走开，她就对托比说："这真是太好了！我可以给你很多帮助，过不了多久我们俩就可以独自表演节目了，到时候我们一进场人们准会拼命鼓掌的！"

"可是，我要比你倒霉得多。"托比边说边忧伤地揉着腿，他这会儿仍然能感受到被鞭打过后一阵一阵的刺痛，"你知道的，卡索尔先生不敢打你，他会把所有的账都算到我的头上，而且他知道他越打我，洛德先生就越开心。"

"但是我不会犯任何错误，"珍妮特小姐自信地说，"这样你就不用替我受罚了。而且，只要我骑在马上，你就不会挨鞭子，因为他要打你的话就会误伤到我，所以明天你能少挨一半的鞭子。"

听了珍妮特小姐充满自信的话，托比稍微高兴了一点儿。但是当他一想到离开马戏团的机会正一天天地变少，脸色就又立刻变得阴沉起来。

"你知道吗？艾拉，我想回到吉尔福德镇的丹叔叔那儿去，”他悄悄地告诉珍妮特小姐，当他们两个人相处的时候，托比总是亲切地称呼珍妮特小姐的真名，“我一分钟也不想待在这儿了，真的！”

艾拉惊讶地睁大了眼睛，忍不住大声喊了起来：“你不想留在这里吗？那你为什么不回家呢？”

“因为洛德先生不让我回去……”托比说。他怀疑艾拉可能并不清楚他的主人究竟是个什么样的人。接着，托比让艾拉做出各种“绝不泄密”的承诺——包括在喉咙前交叉双手等怪异姿势——他才把自己的种种想法以及他制订的各种逃跑计划告诉她。托比还告诉艾拉他丢钱的事情，他与骷髅先生和胖夫人的友谊，最后托比甚至向艾拉吐露，他打算在逃跑那天把他的猴子先生也一并带走。

艾拉皱着眉头，聚精会神地听着。当她听到托比说他的存宝箱里现在已经有七美元十美分了——几乎和他丢钱之前一样多——艾拉急切地说道：“哎呀！我的箱子里有三美元，你全都拿去吧。这些钱都是我自己的，妈妈已经全部交给了我，我可以拿它做任何我想做的事情。不过，我不明白你怎么能把斯塔布斯先生带走，那可是偷窃啊！”

“不，这不是偷窃。”托比解释道，“马戏团老板不是说过了吗？斯塔布斯先生完全归我所有，我想怎么安置都可以。”

“哦，我忘了，”艾拉若有所思地说，“那我觉得你可以带它走，但是它会碍手碍脚的吧？”

“不会的，”托比急切地想为他的猴子先生说句好话，“它总是特别乖，我让它做什么它就做什么，我跟它讲我想要做的事情，它也能配合。对了，你的钱，我不能收。”

“为什么呢？”

“因为一个男孩接受一个比自己年龄小的女孩的帮助是不对的。我会等到自己攒够了钱，那时我就能走了。”

“但是我是真心想让你拿走我的钱啊！”

“不，我不能收。”托比坚决地摇了摇头，把那诱人的硬币推开。

突然，托比想到了一个愉快的计划：“让我来告诉你这些钱怎么处理吧——你把它们都存起来，等到你长大，长成一个女人。等我也长成一个男人了，我就来找你，然后我们就买下一个属于我们自己的马戏团。我想如果我拥有了自己的马戏团，也许我会喜欢一直待在那儿的。到那时，我们会有很多钱，可以做我们想做的任何事情。”

这个计划似乎让小女孩很高兴，于是两个人开始讨论将来——为长大成人、变得有钱去实现自己心愿的美好梦想，制订起各种各样的计划。

两个孩子一直愉快地坐在新搭建的表演场边上聊天。

还没等他们完成对未来的设想，一个工作人员进场来整理东西，他们不得不离开。艾拉去旅馆为下午的表演做准备，托比则回到糖果摊去做约伯先生为他安排的工作。

在托比加入马戏团正好满十个星期的那一天，卡索尔先生郑重宣布——明天，托比和艾拉就要正式登台演出了。过去的这段日子里，两个孩子每天都在勤奋地练习，托比的技术已经非常熟练了。

而卡索尔先生和洛德先生知道，托比为他们赚大钱的时候到了。

第十五章　天鹅绒骑手服

练习马术的日子里，托比存钱的速度比他刚开始工作的那几周要慢得多。好在他陆陆续续、想方设法地存了十一美元，再加上洛德先生又给他发了五美元的薪水，所以现在他手里有十六美元的“巨款”了。

托比差不多下定决心要实施他那奔向自由的计划了，可就在这时，他听到了自己即将登台表演马术的消息。事实上，在过去的一个星期里，托比随时都在准备逃跑。但是，卡索尔先生和洛德先生好像猜到了他的意图，一直严密地监视着他。从托比夜里下班到他回到看马车的老本那儿，这两个男人中总有一个在盯着他。

托比和艾拉走出帐篷的时候，他悄悄对自己的伙伴说：“我一直在准备逃跑呢，看样子今天晚上可能有机会。”

“啊，托比！”女孩尖叫起来，但目光中又有了些责备，“我们都已经辛苦地练了这么久，现在准备登台了，你不会就这么丢下我离开吧？人们马上就可以看到我们一起表演了，你不想看看大家的反应吗？”

一想到要当众骑马，托比就一点也高兴不起来，要是能逃过这一劫，他宁愿承受洛德先生最为凶残的毒打。但是他和艾拉现在已经成为非常要好的朋友了，他心中甚至已经对艾拉产生了一丝特别的感情。于是托比暗暗发誓，为了让艾拉开心，不管自己发生什么事情都必须要承受。

托比马上就改了口：“好吧，我今天晚上不逃走了。就算今晚是最好的机会，我也不走了。我会在马戏团里再待一天，也许再待很多天……”

“你真是个好男孩，”听到托比的这个决定，艾拉决定给他一些鼓励，“为了谢谢你，我想亲你一下。”托比还没有反应过来艾拉刚刚说了些什么，艾拉就已经抱住他的脖子，在他长着雀斑的脸上响亮地亲了一口。

托比整个人愣住了，他之前从来没有让一个女孩亲过，甚至可以说几乎没被任何人亲过，除了那位胖夫人。他不知道现在应该做点什么。托比的小脸一下子就红了，简直像他的头发一样红，这让他的雀斑更明显了。托比环顾四周，像个小偷一样认真地打量刚刚有没有人撞见。

“我……我从来没有……让……让女孩亲过，”托比结结巴巴地说，“而且，让你在……在大家都能看见的地方亲我，我觉得有点奇怪。”

“好啦，我亲你是因为我挺喜欢你的，当然也是因为你会留下来和我明天一起骑马。”艾拉快乐又坦率，然后又故作狡猾地加了一句，“如果你不立刻逃走的话，我可能还会再亲你哟。”

“要不是因为想念丹尼尔叔叔和家里的其他人，要不是因为这里有洛德先生和卡索尔先生这样的坏人，那我可能就会真的留在马戏团了，因为我真的很喜欢你。”托比好不容易大着胆子说这些话，心中充满了柔情。

这时候，两个小朋友已经快走到帐篷门口了。他们正要跨出去的时候，一个车夫捎信来说，特雷特夫妇正盼着他俩过去呢。

“我怕我走不开。”托比迟疑地回答。他扫了一眼糖果摊，洛德先生正手忙脚乱地招待顾客，显然巴不得托比马上来接替他，这样他就可以去吃午饭了。托比转过头对艾拉说：“我觉得洛德先生不会让我走的。”

“去问问他呀，”艾拉积极建议道，“我们去去就回，不会很久的。”

托比战战兢兢地走向他的老板。他之前从没请过假，更别提离开岗位了，哪怕只是一小会儿。托比丝毫不怀疑，他的请求会被立刻拒绝，他自己还会挨打。

“特雷特先生想让我去他的帐篷里待一小会儿，我可以去吗？”托比怯生生地问道，声音低得几乎听不见。

洛德先生盯着他看了一会儿，托比低下头，确信老板正考虑是踢他一脚好，还是抓住他的衣领，用橡胶手杖来打他比较好。但是出乎意料的事情发生了，洛德先生用一种异常温和的声音说：“好的，你不用再回来干活了，待会儿开演时直接进帐篷就行。”

面对洛德突然之间一百八十度的大转变，托比几乎被吓傻了，他疑惑地呆立在那里，要不是艾拉轻轻拉了拉他的衣服，他都几乎忘了自己已经得到允许，可以离开了。

如果托比那天早上听到洛德先生和卡索尔先生之间的谈话，他就会明白为什么洛德先生会对他突然转变态度了。卡索尔先生告诉约伯，这个男孩已经成为一名非常优秀的骑手了，现在得让他对自己的处境感到满意和知足，才能防止他逃跑，所以洛德先生必须转变对托比的态度，甚至可以考虑放他离开糖果摊。虽然这个建议不是很合洛德先生的意——托比的销售业绩实在太好了，洛德不舍得放他走。

话说另一头，两个小朋友愉快地走进了骷髅先生的帐篷，这个时候通常是特雷特夫妻俩作为“展品”供观众观赏的营业时间，但令人惊讶的是，此时帐篷却大门紧锁。艾拉有点儿担心：“好奇怪呀，但愿他们没有生病。”

一听这话，托比不禁心中一沉。特雷特夫妇对他太好了，一直给予他关心和爱护，还有许许多多的帮助，托比对他们的情谊已经变得像家人一样深厚了。

托比和艾拉着急地打开帐篷门，一下子就看到骷髅先生正在冲他们微笑，所有的忧虑瞬间都消散了。骷髅先生把帆布门帘高高掀开，仿佛进来的是他那体形巨大的妻子：“快进来吧，我的朋友们，快进来。我把我们的展览关闭了一个小时，就为了表示对我们的朋友——泰勒先生的欣赏。”

托比环顾四周，不禁担心特雷特先生展示友谊的方式是再邀请他参加一次“盛宴”，他可不喜欢这么大的场面，甚至一想起就觉得有点儿害怕。当托比看到周围并没有做饭的准备，他长舒了一口气，但他仍旧满腹疑问——接下来要做什么呢？

他们的疑惑很快就得到了解答。特雷特太太摇摇摆摆地从屏风[1]后面出来了，手里拿着一个包裹。她把这个包裹递给了自己的丈夫。特雷特先生接过东西，从艾拉和托

① 特雷特夫妇用屏风来隔开空间，以便化妆更衣。

比身边一跃而起，登上台子，开始演讲，他那纤细的胳膊不停舞动着。

“我的朋友们——”他低头看着台下用心聆听的三个观众——艾拉和托比站在讲台跟前，睁大了眼睛充满疑惑地抬头看；他那胖胖的妻子则坐在一条凳子上，凳子的位置非常好，让她不用站起来就能把周围的任何情况一览无余，同时也能把演讲听得清清楚楚。“我的朋友们，”骷髅先生又说了一遍，一只手把包裹举在身前，另一只手继续比划着，“我们大家都知道，我们尊敬的、备受仰慕的朋友托比·泰勒先生明天将在马戏表演场上首次亮相，我们都相信他很快就会成为这一行里一颗耀眼的新星。”

特雷特先生的演讲被他妻子热烈的掌声打断了，他趁机擦了擦汗。等到掌声停止后，特雷特先生继续充满激情地说道：“得知我们的朋友泰勒先生正在接受训练，准备用他的才华去惊艳观众，我和妻子为他准备了一份小小的贺礼，以此来表达我们的敬意。几天前，卡索尔先生把泰勒先生的首演日期告诉了我们，于是我们得以及时完成这份小小的礼物，以迎接这一伟大而重要的演出。”

说到这儿，骷髅先生停下来喘了一口气。托比又一次从脸红到了脖子。这样的溢美之词让他感到非常不好意思。

特雷特先生在台上挥舞着手里的包裹，继续说道：“这里面是给我们勇敢可敬的骑手准备的表演服，以及给他美丽而有才华的同伴准备的腰带。一想到在明天这个美好的日子里，可敬的泰勒先生将穿上我们特地为他准备的礼服，走进表演场，我和我的妻子就倍感骄傲，天鹅绒上的每一寸刺绣都出自我妻之手。当泰勒先生以出色的表演赢得人们的欢呼、自己的荣誉时，他也为我们夫妻俩亲手缝制的'战袍'赢得了荣誉。请接受我们的礼物吧，我的孩子！你明天穿着这身衣服时，会记起我们——现存于世间唯一的'活骷髅'，以及作为十九世纪奇观的'女巨人'——我们虽然不能亲自到场，但却会借着这套衣服与你同在。”

特雷特先生结束了他的演讲，把包裹递给托比，然后和特雷特太太、艾拉一起鼓起掌来。

托比打开了包裹，发现里面有一件马戏团骑手服——粉红色的紧身衣、蓝色天鹅绒材质的裤子、领子和袖口，上面还有白色的刺绣，点缀着银光闪闪的图案。此外，还有送给艾拉的一条宽阔蓝腰带，上面绣着与托比那件衣服上相配套的图案。

小家伙收到如此精美的礼物高兴极了，激动得不知道说些什么来表达感谢。他拿着这套骑手服看了一遍又一遍，想到朋友们竟然对他这么好，感动的泪水一下子湿润了托比的眼眶。

托比觉得在这样的时刻他怎么也得说些什么，于是，他把礼物放在讲台上，对骷髅先生和他的妻子真诚地说：“自从我来到了马戏团，你们就对我这么好，我真希望我能像个大人那样多说一点，而不是像我现在这样，只会说‘我很感激’。等我长大了，总有一天，我会让你们知道，我有多爱你们，你们绝不会后悔曾经对我这样一个离家出走的倒霉孩子这么好……”

骷髅先生使劲鼓起了掌，打断了托比：“听听这话！说得多漂亮啊！”由于掌声和喝彩声太过响亮，托比一下子头脑混乱，更加不知道接下来要说些什么，停顿了一会儿，他才说：“我想让你们知道我有多么感激，明天，当我穿上这身衣服的时候，我会做出我能做出的最好表演，就算我不喜欢骑马，我也不会让你们后悔把这件衣服送给我。”

托比讲完了，用滑稽而笨拙的姿势向大家鞠了一躬，台下掌声雷动，托比羞得真想躲在椅子后面。“老天保佑你，你有一副善良的好心肠！”掌声稍歇，胖夫人补充道，“不管怎样，我知道你一定能发挥出最好的水平。你首次亮相就穿着我和萨姆尔给你做的衣服，我真是太高兴了。”

艾拉很喜欢特雷特夫妇送她的腰带，就像托比喜欢他的表演服一样。她向特雷特夫妇道谢，用词是那么精巧，托比听了很是羡慕，心想自己要是说得能有她一半好就好了。

因给托比献礼、演讲而关闭展览的一个小时很快就过去了，艾拉和托比得走了，展览的大门也得打开了，任何人都将有机会看到马戏团广告所宣称的“世界两大奇观”。

接下去的时光，尽管托比仍旧在做着那些繁重的工作，但他的心情非常轻松，回想起特雷特夫妇关心他、照顾他的一幕幕，托比心里就像吃了蜜一样甜。托比决定，留在马戏团的每一天，他都会尽最大的努力去给人带来快乐。当然啦，一有机会，他还是会选择逃跑，不过逃跑之前他一定会去跟特雷特夫妇告别，再次感谢他们对他的关心。

那天晚上，托比干完帐篷里的活儿之后，洛德先生破天荒地变成了一位“慈父”，仿佛他之前从来没对托比说过一句刻薄话。他温柔地拍了拍托比的背，和蔼地说：“你现在已经是个马戏演员了，你不能再来这里卖糖果了，我的孩子。如果我明天能招到另一个男孩，你也不用去帐篷外面的那个摊位干活了。不过，就算你离开我不做摊位的工作，一直表演骑马，我也会继续发给你每周一美元的工资哦。”

听到这个消息，托比既意外，又欣喜。这一刻的快乐，比在这十个星期里遇到的所有快乐加在一起还要多。

但是那天晚上有一件事情削弱了这份喜悦——托比注

意到洛德先生在变本加厉地监视他，甚至不允许他在没人跟随的情况下走出帐篷。托比立刻意识到，一切都是有代价的，他的生活将会过得舒服一些，而他逃跑的机会却会大大减少。然而，就算给他再多的漂亮衣服穿，他也不愿意在马戏团里继续逗留，如果他能逃跑的话。

那天晚上，托比把当天发生的事情全都告诉了老本，并且强调他希望第二天在台上露面时能表现得好一些。

老本坐在那儿沉思了一会儿，然后清了清嗓子，动了动胳膊，托比知道这是老本打算长篇大论地传授人生经验之前要做的习惯动作。老本对托比说："孩子，我在马戏团里待了这么久，从小孩儿长成现在这样一个汉子，将近四十年了啊，我见过很多年轻人进入这一行，就像你明天要入行一样。但是他们大多数人后来都没什么出息，为什么？因为他们得学会更多东西才行，只学一点根本不够用。现在，你听好了，你以后就知道我说的这些话特别有用：不管你干哪一行，别以为你在入行时就什么都懂了，记住，不管你多大岁数，总有些东西是值得你学的。所以啊，'睁大眼睛、张开耳朵、闭上嘴巴'，这样你最终才能成气候。我要是说得不对，我的名字就不叫老本。"

第十六章　阿贾克斯先生

托比作为骑手首次隆重登台的这一天，马戏团进入了一座新的城市。在这之前，马戏团早已打起了广告。这些广告上提到了各种各样、数目繁多的精彩节目，说它们全部囊括在同一个帐篷下，观众只需付很少很少的入场费就可以欣赏所有的精彩内容。

这时候，托比注意到了一张新的海报，哪怕混杂在众多令人炫目的宣传单之中也格外引人注目。而这张新的海报上印着以下文字：

珍妮特小姐

和

阿贾克斯先生

世界上最年幼的两名马术师，

即将展现他们优雅、潇洒、大胆的马术表演

这是属于孩子的高光时刻!

今天是这两位勇敢的马术师

自上一季在欧洲分开后首次亮相

他们在本市的表演将给您带来无与伦比的乐趣

敬请期待

珍妮特小姐

和

阿贾克斯先生

“看那儿!”托比指着那张海报对老本说，海报是用非常显眼的字体印刷的，还配上了华丽醒目的色彩，上面还印着两个小人儿在马背上表演各种惊人动作的图案，“今天他们让另一个人陪艾拉表演了，不知道是谁呀?”

老本像看傻子一样盯着托比看了好一会儿，好像要说服自己相信眼前这个男孩是真的不知道，然后老本陷入了他那招牌式的不出声的“狂笑风暴”之中。虽然老本这种奇怪的笑法托比已经见识过很多回了，但从来没见老本笑得像这次这样厉害。

又过了好一会儿，老本终于从大笑中恢复了平静，他问托比:“你难道不知道阿贾克斯先生是谁吗?你进进出出马戏团这么多回，你都没见过他吗？”

“不知道，没见过。”托比脑海中早就把马戏团里的人过了一遍，可仍旧想不起这个人是谁。更让他费解的是，自己明明只是提了一个再正常不过的问题，老本竟然笑成这副鬼模样，有什么可笑的？托比说：“我还以为是我和艾拉一起表演呢。”

“嗨，小傻子！那人就是你啊！”老本乐得几乎尖叫起来，“所谓的‘阿贾克斯先生’，指的就是你——你不知道吗？你不会以为他们会把‘托比·泰勒’这种蠢名字印在传单上吧？那会成什么样子！‘珍妮特小姐和托比·泰勒先生’！”

说到这，老本又开始无声大笑了。托比僵坐在那，上身笔直，不知道是该和老本一起大笑，还是该为这种拿他名字取乐的行为生气。

酝酿了半天，托比终于反驳道：“我不管，我觉得‘托比·泰勒’就是个好名字，听起来和‘阿贾克斯先生’一样好，还更加适合我呢。”

“也许你说得对，”老本擦了擦笑出的眼泪，安慰道，“但是，观众们不会喜欢‘托比·泰勒’这个名字的。他们就是想要外国骑手，就算要你改名改姓，也要凭空给他们变出一个外国骑手！”

托比不喜欢别人给他起的这个新名字，但他看到自己受到如此夸张的赞誉，心里还是很开心；不过他非常不喜欢那个关于他和艾拉曾在欧洲表演的谎言，如果能省略掉这句话，他会高兴得多。

中午之前，他都没有去过洛德先生和他的糖果摊，因为卡索尔先生让他和艾拉不停地练习下午要表演的动作。直到演出即将开始的时候，卡索尔先生才允许他们去吃午饭。

已经有多年表演经验的老演员艾拉，对于即将到来的二人同台首演，竟然比托比还要兴奋。托比之所以没有表现出很大的兴趣，很大一部分原因是他很想尽快离开马戏团回家。那天上午，他想得更多的是如何回到吉尔福德镇和丹尼尔叔叔身边，而不是如何在观众面前完成表演。

卡索尔先生帮助托比穿上表演服，反复调整，直到满意为止，然后，他厉声威胁道："现在你已经完全掌握这些动作了，待会儿要是你不小心失手，没有做到你应该做到的，那么，等你下场之后，我会拿鞭子好好揍你一顿，到时候你就会觉得约伯之前打你只不过是逗你玩。"

在这之前托比还挺欢喜的，但是这些话打消了他所有快乐的心情。所以当老本走进更衣室时，他看到的托比是一副极度消沉的丧气模样。

第十六章　阿贾克斯先生

“准备好了吗，我的孩子？”老本用最愉快的语调给托比鼓劲，“嗯，很棒，你的状态看起来好得不能再好了。现在，记住我昨晚跟你说过的话，托比，进场去把你最好的水平发挥出来，给自己立个好名声。现在跟我一起走，咱们去等那位小姑娘。”

老本这几句愉快的话语立刻让托比感觉好多了，抵消了卡索尔先生的威吓所带来的坏心情。托比从更衣室里走出来，来到备马的地方，下定决心当天下午表演时尽力做到完美，就算不为别的，也要为了能让他的朋友老本开心而努力。

托比的长相并不符合一般漂亮男孩的标准，他长着短短的红头发，脸上又有雀斑。不过他的模样给人很乖、很诚实的感觉，此刻在这身优雅的演出服的衬托下，托比看起来相当漂亮——如果特雷特太太能够到场，看到托比，她会为自己的手艺感到极度自豪，然后给托比一个史无前例的热情拥抱。

只等了一会儿，艾拉就从化妆室里出来了。看到艾拉脸上的表情，托比就知道她对他的模样非常满意，于是托比也很高兴。

“我们都会尽力做到最好。”艾拉对托比悄悄地说，“我知道人们会喜欢我们的，我们表演完，他们还会让我们返场的。如果是这样的话，妈妈说她会给我们俩每人一个金币。”

艾拉说话的时候抓住了托比的手，在认真、笃定而又充满热情的珍妮特小姐的感染下，托比对自己的首次登台也感到前所未有的兴奋。“我会做到最好，”托比如此回应他的搭档，“如果我们得到了这两块金币，我会在我的钱上钻个洞，穿上绳，这样你就可以把它戴在脖子上，就不会忘记我了。”

“就算没有这个金币，我也会记得你的。”艾拉低声说，“我会把我的金币给你，这样你回家的路上就能多一点钱了。”

没有时间再聊下去了，卡索先生刚刚走进来，告诉他们马上就轮到他们上场了。马儿们都准备好了——托比的是黑马，艾拉的是白马——它们站在那里，不耐烦地咬着嚼子，蹄子扒拉着地上的土，身上装饰的银铃随之响动，发出紧张而急促的乐声，与托比此时的心情相得益彰。

当他们站在那里等待幕布升起的时候，艾拉紧紧地握了握托比的手，托比也回握了一下，就在此时，进场的信号响起，还没等托比完全反应过来，他和艾拉已经站在场地中央了。巨大的帐篷里座无虚席、人山人海，而他俩朝着四周的观众不停地送出飞吻。

第十六章　阿要克斯先生

大概是关于这两个孩子在欧洲分别又在本地重逢的虚假海报起了作用，观众席上雷鸣般的掌声经久不息。这给了托比足够的时间，让他从刚才的奇怪感觉中恢复过来，那种奇怪的感觉是由于托比看到这么多的观众脑袋之后产生的。

托比以前从来没有见过这种阵势。虽然他也曾在观众席间走来走去卖东西，但那时的观众们看起来还是普普通通的正常人类，不像现在，从表演场往观众席看过去，观众们就像是一排排只有脑袋、没有身体的怪物。托比心中顿时升起一股赶紧逃到幕布后面去的冲动，他费了好大的劲儿才控制住。

卡索尔先生这次担任了领班的角色。他用海报上那种浮夸的语言介绍了托比和艾拉，小丑又重复了一些滑稽的表演，之后两匹马被领进场，两个小孩在助手的搀扶下登上了马背。

“千万不要去关注观众，”卡索先生低声提醒，“就当只有我在旁边。”音乐响了起来，马儿绕着圈慢跑起来……此刻，托比真正成为了一名马戏团骑手。

马儿们要出发的当口，艾拉低声对托比快速地说：“记住，你答应过我会竭尽全力的，我们一定要得到妈妈的奖赏。”

一开始，托比紧张得几乎站不起来，但是当他们绕场骑完一圈，艾拉再次提醒他不要犯任何错误，要努力挣到赏钱的时候，托比已经恢复了镇定，可以把他那部分的表演正常展示，就像他只是在上一节普普通通的马术课一样。

整个表演依照次序进行完两人并肩骑马、接连跃过横幅、穿过用纸包裹着的铁环等部分，接下来就进入了最难的环节。

马鞍被取了下来，两个孩子先是同骑一匹马，然后一同跳骑到另一匹马的背上，最后两人分别站在自己的马背上并肩前行——各伸出一只手搭在对方的肩膀上——绕场两圈。

所有的动作都准确无误地完成了。当两人骑马离开表演场时，台下响起了震天的掌声。他们要返场了，这就意味着艾拉妈妈承诺的奖励得到了！事实的确如此，他们刚刚走进幕布后面，一个跟班就叫他们回去。两个小孩还没来得及互相说句话，就又回到了表演场，再次表演最后的高难度动作。

当托比和艾拉第二次走出表演场时，他们发现老本、骷髅先生、胖夫人和约伯·洛德先生都在那里等着迎接他们。大家还没开始说话呢，艾拉就踮起脚尖，给了托比一个吻，就像上次托比答应她暂时不逃跑，和她一起登台表演时的吻一样。

W. A. ROGERS.

“我这次亲你是因为你骑得很好，帮了我大忙了。”艾拉看见托比的脸涨得通红，就故意解释。然后她转过身来，面向那些迎接他俩的朋友们。

特雷特太太伸开巨大的胳膊，把艾拉抱进怀里一阵亲吻。然后她把艾拉小心地放下来，又紧紧抱住托比。那情形看过去特别滑稽，托比像是一颗小小的核桃，而特雷特太太的胳膊像巨大的核桃夹子！

“祝福这个男孩！”她叫道，一遍又一遍地亲吻托比，她的吻太过用力，听起来就像鞭子甩动的噼啪声，吓得一旁马儿惊慌失措，“我知道总有一天他会有出息的，我和萨姆尔趁着现在客人比较少，赶紧溜了出来，就是为了看看这孩子演得怎么样。”

过了好一会儿，胖夫人才把托比从自己那母亲般宽厚温暖的怀抱里放开，可紧接着，骷髅先生又抓住了托比的手，用最夸张、最得意的口吻说：“泰勒先生，我们为你感到骄傲！当我们看到你的服装，那是我家莉莉亲手缝制的啊，我们既为它感到骄傲，也为把它穿在身上的你而感到骄傲。你是一个伟大的骑手，我的孩子，非常了不起！只要你坚持下去，总有一天你会站在这一行的最前列。”

“谢谢你，先生……”托比还没来得及说完剩下的话，就被老本一把抓了过去，骷髅先生也转向小艾拉，向她不停道贺。

“托比，我的好孩子，干得漂亮！现在，只要你还记得我昨天晚上对你说的话，你就会有所成就。”老本一边说，一边满怀骄傲地看着托比，他已经把托比当作自己提携的爱徒了，“我从没见过像你这么大的小孩，有谁能够做得比你还好。现在，你不再只是个卖糖果的了，你是这个马戏团的明星了。”

托比不断重复：“谢谢你，老本。”他知道他的老朋友说的每一句话都是发自内心的。托比高兴得几乎语塞，除了“谢谢”再也说不出别的什么了。

“我感觉你的胜利就像是我的胜利一样！”轮到洛德先生了，他斜眼看着托比，努力做出一副慈祥的样子，用父亲般的语气说道，“我几乎把你当作我自己的儿子来看待了，看到你如此成功，我非常高兴。”

洛德先生的这一番热情表白并没有让托比感到一丝丝高兴。如果托比不曾遭受过之前的痛苦，他可能会被洛德的话所打动。但是托比现在太熟悉昔日的老板了，他所带来的回忆只有痛苦与眼泪，托比根本不会被洛德先生的花言巧语骗住。

这时，马戏团老板也走了过来，拍了拍他的头，夸他骑得很好，托比受宠若惊。可是当他偶然间看到洛德先生贪婪的眼睛里闪闪发光，托比一下就明白所有的这些成功和赞扬只会把他和他原本急于逃离的马戏团更加牢固地绑在一起。托比的快乐立刻消失了，取而代之的是一种苦涩的复杂情绪，无论多少赞扬都无法将之驱散。

骷髅先生和胖夫人回到了他们的帐篷，艾拉和她妈妈一起去换衣服了——为她们母女俩接下去的表演做准备，现在每场演出艾拉都要上场两次了——于是，帮助托比脱掉表演服的工作就落到了老本的头上。

当托比再次换上普通衣服时，老本发出了邀请：“托比，你现在已经是马戏团的一个演员了，不用再卖糖果了，你现在有大把的时间自由支配，那咱们一起出去在这个城市里逛一逛吧。”

“你说，洛德先生会不会还想让我今天去给他干活？”

“就算他想，又怎样？”老本咯咯一笑，“你觉得马戏团老板会同意吗？让一个在台上骑马表演的明星站在约伯·洛德的糖果摊旁边叫卖？孩子，你放心吧，你现在想干什么就可以干什么。我说咱们还是马上出去看看这个城市吧，你觉得怎么样？”

“我当然特别想去，可是我不敢。”托比回答说。他想起之前做过的一些事情远不如老本现在建议他去做的事情严重，却给他招来了无数次的毒打。

“放心吧，包在我身上，我保证不让约伯来烦你。咱们一起走！”老本说着就拉着托比走出了帐篷。这是托比第一次违抗他的主人，他感到非常害怕。

第十七章　归途

幸亏老本拉着他出去散步，这次出门让托比获得了不少对自己的逃跑计划很重要的情报。首先，在一家旅馆的墙上，张贴着铁路公司的海报，托比因此得知，花七美元可以买到一张去吉尔福德镇的火车票。其次，托比发现，如果回到他们上次停留的那个城市，那么，再花五美元就可以坐蒸汽船回到吉尔福德。

托比计算了一下，如果回到上次停留的城市，车票不会超过一美元，这样他可以用余下的十美元来买吃的，就算是世界上最饥饿的孩子，十美元也足够他吃两天了。

当他们回到马戏团的时候，表演已经结束了，洛德先生正在招待演出结束后涌来的大批顾客。他看到托比和老本一起经过，并没有责备托比擅离岗位，反而微笑着向托比鞠了个躬。

“你看，托比，”老本用力地戳了一下托比的肋骨，又像中了魔咒一样无声地大笑，“你看看，当个演员怎么样？再也不用为约伯这老骨头卖命干活了！从今往后，他会对你说尽甜言蜜语，恐怕你在他嘴里放糖，糖都融化不了，因为都没他嘴甜。至于拿鞭子打你？他压根儿不敢再动这个念头！”

托比没有回应，他正忙着思考一些刚刚进入他脑海的重要讯息，都没有留意他的朋友说了些什么。同样的，老本并没有在意托比是否回应，也没发现托比正在想心事，他集中精力去保持呼吸，以免待会儿又被狂笑的“魔咒”击中时喘不过气来。

托比和他的老朋友在马戏团各处溜达了片刻，准备去吃晚饭。餐厅里，托比狼吞虎咽，再一次展示了令人惊叹的吃饭绝技——一点儿也不比他下午骑马的表演逊色。

晚饭一结束，托比就悄悄地离开了老本，立刻去拜访特雷特夫妇。进入特雷特夫妇的帐篷时，托比发现他俩正惬意地在屏风后面吃晚饭。

特雷特夫妻俩一如往常地对托比表示了热烈的欢迎。胖夫人还一定要让托比坐到桌子旁边的箱子上，尝尝她刚出炉的甜甜圈，完全不理会托比的恳求——托比已经吃得太饱了，完全吃不下任何东西。

在二人殷勤的招待下，托比等了好一会儿才有机会说出这次来访的目的。可是当他准备开口的时候，先前在脑海中准备的稿子却不知道跑哪去了，于是他只好毫无铺垫地直奔主题："我决定今晚就离开这里。"

"今晚就离开这里？"骷髅先生把托比的话重复了一遍，一时间没缓过来，换了谁也无法相信托比会在他刚取得辉煌成就时逃跑，"你在说什么呀，托比？"

"唉，你们知道的啊，我一直想离开马戏团嘛。"托比看到骷髅先生居然这么迟钝，他一下子有点不耐烦了，"我觉得现在正是最好的时机，所以我要去试试。"

"老天保佑！"胖夫人倒吸了一口气，"你的意思不会是说，你在这一行刚刚开了这么个好的头，就想着要离开了吧？你今天下午的表演这么受欢迎，我以为你会想留下来的。"

"不，我不想留下来。"托比突然心头一颤，不由自主地抽泣起来，"没错，我是学会了骑马，但那是逼不得已的，我从来没有放弃过逃跑。我必须回去见丹叔叔，告诉他我对自己的所作所为有多么抱歉。如果他不愿意和我说话，我就回来；但是，如果他收留我，我就待在他身边，做一个乖孩子。慢慢地，他就会忘记我曾经那么坏，一句话也没说就离开了他。"

托比哭得是那么伤心，说的话是那么真诚，善良的特雷特太太立刻心软了，她伸出双臂拥抱托比，像是要保护他不受外界任何伤害。她温柔地说："托比，我的孩子，你确实应该回去。但是，如果你想要一个家，或者想要什么人来关心你、疼你，你就回到我们这里来，你永远不会后悔的。只要萨姆尔还是这么瘦，我还是这么胖，只要我们还能靠吸引观众来挣钱，你就永远不会是无家可归的孩子，我们喜欢你来跟我们一起生活，没有别的什么事能比这更让我们高兴的了。"

托比抬起头，在特雷特太太的脸颊上吻了一下，作为对她的回应。这让特雷特太太更加激动了，她紧紧地抱住了托比，比以往任何一次都用力。

在托比和胖夫人交谈的时候，骷髅先生一直保持着沉思。过了一会儿，他从座位上站起来，走出帐篷，没过多久又回来了，手上拿着许多银币。

"好了，别哭了，小托比，"骷髅先生温柔地说道——可以看出，他的内心实在是受了很大的刺激，不能再像往常那样高谈阔论，"你回去是对的，我能理解你现在的感受。莉莉说你想有个家的话，可以来找我们，我也是同样的想法。这里有五美元，我想让你拿着，路上会用得着的。"

起初，托比坚决拒绝接受这笔钱，但是特雷特夫妇一定让他收下，最后托比几乎是被强迫着拿了这五美元。

第十七章　归途

“我打算等约伯收摊之后找机会溜走，”托比说，“我来这里只是为了和你们认真地告别。你们对我太好了。”

特雷特太太又把托比抱在怀里，仿佛是自己的孩子即将离开她的身边，她抚摸着托比前额上的头发：“托比，要是你再也见不到我们了，可千万别忘了我们呀。请记住，我们是多么喜欢你，你这么一走，我们少了多少快乐啊！有你在身边，对我们来说是一种安慰，虽然我们不是从早到晚待在一起。请别忘了我们，托比，如果你有机会的话，就回来看看我们。再见，托比，再见。”这位好心的夫人一遍又一遍地亲吻着托比，然后毅然转过身去，背对着托比，唯恐自己决堤的泪水被托比看到。

相比之下，骷髅先生和托比的告别就没有这么情绪化了。他伸出一只手，用皮包骨头的手指握住了托比的手，另一只手则擦去了眼睛里的泪珠。他真诚地祝福道：“我希望你一切都好，我的孩子，我相信你会回到你的丹尼尔叔叔身边的，那时候你会比以往任何时候都快乐，因为你现在知道没有家是什么滋味了。做个好孩子，照顾好你的叔叔，去努力上学吧，总有一天你会长成一个很好的大人的。再见了，我的孩子。”

托比的眼泪再次在脸上流淌。在他还没意识到的时候，在他焦急盼望回家的时候，他早已和眼前这对外表奇怪、内心温柔的夫妇产生了深厚的感情，他对他们的爱已经强烈到让如今的分离变得异常痛苦的程度。托比想再说点什么，但眼泪仿佛堵塞了他的喉咙，灌满了他的内心，让他说不出话。他赶紧离开了帐篷，以免自己完全崩溃。

为了不让别人注意到他，进而怀疑他痛苦的原因，托比走到帐篷后面的阴暗处，坐在一块石头上，放任眼泪肆意流淌，他再也控制不住自己了！托比就这么忘情地哭泣，仿佛周围的一切都不存在。突然，他听到了一个欢快的声音："喂！怎么又垂头丧气了？你怎么了，我勇敢的小骑士？"托比吓了一跳。

抬起头，托比看见老本站在他面前，他急忙擦了擦眼睛，这是另一位他必须道别的"家人"。托比环顾四周，确保周围没有人听见，然后他走到老车夫身边，用近乎耳语的声音说："我刚从特雷特夫妇那里回来，我去他们那儿是为了跟他们说再见。我今晚准备逃跑了。"

老本看了托比很长时间，仿佛在怀疑这个男孩是否知道自己在说什么。好长一阵子，老本才叹了一口气："这么说，你还是想回家，是吗？"

"嗯，是的，老本，非常想。"托比肯定地回答，语气中流露出的渴望比之前更加浓烈了。

"好吧，我的孩子，我不会劝阻你的，一个字也不会说，虽然在你已经成为这么出色的骑手之后，放弃这一切似乎是个很糟糕的选择。”老本沉思良久，“但我知道，这么做，对你来说会更好，因为马戏团实在不是适合孩子待的地方，哪怕会有孩子真心想要留下来。我只能说，我很高兴你还保持着要离开的决心。”

老本和他告别的语气令托比顿感轻松。他原本担心老本会劝他留下来，因为他在马戏表演场上的初次亮相很成功；而老本则一直认为马戏团骑手处在“命运金字塔”的顶端，托比甚至担心老本会采取一些措施来阻止他离开。

“我想是时候跟你说再见了，”托比哽咽着说，“也许我再也见不到你了。”

“再见，我的孩子。”老本一边说，一边握住了托比的手，“不要忘记你这次离家出走的经历。如果将来有一天，你怀疑自己是不是曾经有过真正的朋友，请想一想老本吧。请别忘了，他的心会一直为你热情跳动，就像父亲的心为孩子跳动一样。再见，我的孩子！再见，愿上帝保佑你！”

“再见，老本。”当老车夫转身离开时，托比用袖口擦了擦眼睛，可是眼泪完全止不住。他想不明白，为什么自己会是这样可怜，为什么自己要经历这么多的悲欢离合。

还有一个人要去告别，那是托比最害怕面对的人——艾拉。托比知道如果他走了，艾拉会很难过，因为她喜欢和他一起表演，他俩的表演获得了那么多掌声。他确信艾拉会劝他留下来。

就在这时，托比想起了另一个他忽视已久的朋友——这位朋友对命中即将发生的重要转折还一无所知。托比急忙走向关猴子的笼子。他的猴子先生正忙着和一些猴子幼崽玩耍，托比召唤了它好一阵子，都没法把它引到笼子的栅栏边上，他费了好大的力气才成功地把猴子先生吸引了过来。托比抓着它的爪子，把它尽力拉向自己。托比低声对猴子先生说："我们今晚要准备逃跑了，斯塔布斯先生。你得做好准备，我来找你的时候，你必须立刻跟我走。"

猴子先生眨了眨眼，龇牙咧嘴，仿佛在嘲笑托比红肿的双眼。托比正色道："如果你在马戏团里有我这么多的朋友，当你要离开他们的时候，你就笑不出来了。当然了，我必须走，我也确实想走，但是一想到要离开骷髅先生，离开胖夫人，离开老本，离开艾拉，我就感觉很不好。我现在不能在这儿继续站着了。反正，等我来找你的时候，你可得准备好。到了明天早上，我们就会逃到离这里很远很远的地方了，不管是洛德先生还是卡索尔先生都追不上我们。"听完这话，老猴子欢欢喜喜地回到它的同伴身边，好像对即将到来的旅行充满了兴奋。

托比交代完猴子先生，走进更衣室，为即将开始的晚间演出做准备。那天晚上，托比感觉每个人都对他格外友好，而托比也因为即将离开马戏团，对周围的人也都特别体贴。他一会儿替这个人跑腿儿办事，一会儿帮那个人更衣梳妆，似乎想为自己即将实施的秘密计划赎罪。

终于，托比上场的时间到了，他见到了艾拉。艾拉神采奕奕，容光焕发。一想到待会儿能和托比一起表演，再现下午的辉煌，她就兴奋不已。托比简直想放弃逃跑了，不过他一想到丹尼尔叔叔，想到那个温馨的家，才勉强止住放弃逃跑的念头。

艾拉注意到托比正独自怔怔出神，便低声询问道:“托比，是有人拿鞭子打了你吗？”托比摇了摇头。他原本打算在进入表演场之前把自己即将离开的事告诉艾拉，但看到艾拉关心的眼神，听到她善意的话语，托比实在没法说出来。很快，喇叭响起，观众们一片欢呼，报幕的小丑以一种滑稽的语调宣布:“奇妙无比的演出即将开始，让我们掌声有请天才小骑手登场！”

如果说托比在下午场的表现还算不错，那么晚上这一场的表现简直可以称作奇迹。观众们不断要求这两个孩子返场表演，返完一次又要求再来一次。最后，观众们好不容易终于肯放他们离场了。待在幕后的所有演出人员都对他们赞不绝口。

艾拉也毫不吝啬地表达对托比喜爱和感谢，她很欣赏托比刚刚的表现，还说自己很高兴将来能和托比继续一同表演。这下子，托比不忍拂了艾拉的兴致，但又没法开口跟她坦白自己的真实打算。他只好闷闷不乐地走进自己的更衣室，打算等他们都换好了常服，就把一切都告诉她。托比脱下特雷特夫妇亲手给他制作的那套演出服，想了又想，决定把它带走。托比把演出服叠成小到不能再小的“豆腐块”，偷偷藏在了大衣里。

收拾完毕，托比走出更衣室等艾拉，可是过了很久很久，艾拉都没有出来。他还拜托工作人员捎口信给艾拉，就说托比有重要的事告诉她。“待会儿艾拉还有演出，所以她一定匆匆忙忙的，那就没法发表反对我离开的长篇大论了。”想到这，托比松了一口气，更何况，托比非常害怕看见她的眼泪。

但是艾拉一直没有出来——她母亲让人带话告诉托比，现在差不多该她们母女俩上场了，可是艾拉还没有穿戴好，所以没法抽身，只能等演出结束再来找托比。

托比非常失望。如果他打算当天晚上就逃跑的话，等到演出结束就太晚、太不安全了，但是不跟艾拉说上几句诀别的话，他又觉得是断然不能就这么一走了之的。托比心中乱糟糟的……

突然，他灵机一动，想到可以给艾拉写封道别信，这样还可以避免一切不愉快的争论。

托比费了点儿功夫，弄到了一张不太干净的小纸片和一截铅笔头。然后，他跪在马车座位上，把车顶当桌子，写下了这封信：

> 亲爱的艾拉，我打算今天晚上逃饱，我想要跟你和你妈妈说声再见。我还很小，丹尼尔叔叔说我长的也不快，但我也不是什么都不东，我知道你对我很好。等我长大了，我会给你买下一正个马戏团，我们会一起七马。
>
> 请不要忘记我，我也不会匆匆忙忙就忘记你的。[①]
>
> 托比·泰勒

托比没有信封，没法把这封珍贵的信给密封起来。托比想了想，如果拜托老本转交这封信，那就一定会安全送达艾拉手中，不被任何人偷看。

很快，托比就在老本的马车附近找到了他。托比把信递给他："我没有机会当面跟艾拉告别，所以我写了这封信，你可以帮我把信转交给艾拉吗？"

① 托比文化水平不高，信中有许多错别字。

“当然可以了。对了，托比，你靠近一点，”老本抓住托比的袖子，把他拉到一边，不让任何人听见他们的谈话，“你有足够的钱回家吗？如果你没有，我可以给你一些。”老本说着，把手伸进了他那个深深的大口袋，一阵翻腾，好像要从里面掏出一整个金库似的。托比向老本再三保证，钱一定是够用的，回家途中的一切需要都考虑在内了。但是老本仍旧一万个不放心，非得让托比把钱拿出来让他亲眼看到才作罢。

最后，老本握着托比的手，深情地叮嘱道：“现在，我的孩子，你得马上出发了，再耽误下去会出事的。出发前买点吃的，先去树林里躲上一两天，再去坐火车或者蒸汽船。你对约伯和卡索尔来说都太重要了，他们不会让你就这么简单地离开，他们会尽全力找到你。小心点，如果让他们抓到你，你就再也没有机会逃走了。”说到最后，老本突然把托比举起来，在他脸上亲了一下：“现在快走吧！能跑多快就跑多快。”

托比悲伤地握了握老人的手，转身迅速向门口走去，一路上都不敢大声喘气。托比决定听从老本的劝告，到树林里躲一段时间，因此他必须在动身之前买些干粮。

经过笼子的时候，托比看到猴子先生正坐在栏杆附近四处张望。托比停下脚步，对老猴子悄悄说：“斯塔布斯先生，我十分钟后回来，到时候你可得准备好。”

托比说完继续往前走，刚走到门口，一个杂役走来说特雷特太太想见他。虽然现在时间已经很紧张了，但托比还是决定听从特雷特太太的召唤，为着这对好心肠的夫妇，就算这么做会被抓住也在所不惜。他一双小脚拼命飞奔，径直往骷髅先生的帐篷跑去。

帐篷里，展览还没结束，骷髅先生先生和他的妻子正在台上摆出各种造型供人参观。托比蹑手蹑脚地走到台子后面靠近特雷特太太的椅子的地方，轻声告诉她，他刚刚收到她的口信就赶过来了，但他必须马上走，现在的每一分钟对他来说都很重要。

“我给你准备了一些食物，”特雷特太太也把声音压到最低，“你去那个最大的行李箱上面取。现在你可以走了，要是我的许愿有用的话，我希望你一路平安……祝你……祝你顺利回家。再见了，小家伙。”

大家都对他这么好，托比不敢继续停留，怕一会儿完全控制不住自己的情绪。他从台上飞快滑落，毫不费力地找到了那个包裹——一个满满当当全是食物的大包裹，然后回到关猴子的笼子边。托比手抖得连笼子的锁扣都打不开；当呼唤猴子先生的时候，他的声音因为紧张变得沙哑苍老，着实把猴子们吓了一跳。

马戏团老板曾当众表态——猴子先生归托比所有，他可以按照任何他乐意的方式去照顾猴子先生。托比大大方方地把斯塔布斯先生叫过来，说要晚上带它去睡觉，一如往常。因此，托比的这一连串行为没有引起任何人的怀疑。

洛德先生或卡索尔先生如果看到托比拿着的那一大包东西，也许会起了疑心。不过，幸运的是，两位先生都认为，托比肯定待在更衣室里，就没有过多警惕。

托比终于走出了帐篷，他的胳膊下夹着包裹，肩膀上蹲着猴子，脖子被猴子先生紧紧地搂着，心脏扑通扑通跳个不停，大气也不敢喘一下。

当天下午，托比已经仔细观察了马戏团的四周，他很轻松地就找到了通往树林的方向，现在他拼尽全力朝树林跑去，直到完全看不见马戏团的那些帐篷才停下来。托比流着泪喃喃自语道："再见了，特雷特先生、特雷特太太。再见了，艾拉。再见了，老本。等我长大了，我一定会回来的，我会给你们带很多很多好东西，我永远都不会忘记你们，永远都不会！如果将来让我遇到像我这样倒霉、这样伤心的小男孩，我会好好对待他，而且告诉他，曾经有一群人就是这么善待我的。再见了。"

说完这些话，托比擦干眼泪，转过身向树林深处飞奔，速度快得就好像身后有整个马戏团在追他一样。

第十八章　重获自由

托比以最快的速度在崎岖的道路上奔跑，老猴子不停颠簸，把托比的脖子勒得更紧了。它盯着托比的小脸，好像在问今天晚上这非同寻常的行动到底是什么意思。

托比跑得几乎喘不过气来，他的双腿也越来越不由他控制，最后就只能拖着脚步前进。托比向身后望去，马戏团方向的天空被各色灯火照亮，还能隐隐听到马戏团音乐的旋律，就像托比准备逃离丹尼尔叔叔家的那天晚上听到的那样。托比不由得想起，当世界上没有任何人愿意照顾他的时候，丹尼尔叔叔是如何关心他；当他逐渐长大，他又是如何报答这位老人的……想到这儿，托比感觉离开马戏团的那些好朋友也没有那么痛苦了，他们的确曾在他需要善意关怀的时候给了他足够的温暖，但回家却是他必须要做的事情。想到这，托比的脸上又露出了笑容。

“我们要回家了，斯塔布斯先生！”他欣喜若狂地对猴子大喊，“回到丹叔叔和我那些小伙伴们共同的家。等我们到了那儿，你会玩得很开心！你可以在谷仓里、在大树上跑来跑去，你想干什么就干什么，还有很多人会和你一起玩。你根本不知道吉尔福德镇有多好，斯塔布斯先生。”

猴子先生被托比的情绪所感染，它吱吱乱叫，好像它也迫不及待地想要跟托比回家，一人一猴就这么叽叽喳喳地热烈地讨论着。离马戏团的帐篷每远一步，托比的心情就轻松一点，他在那些帐篷里度过了多少悲惨的时光啊！

托比又快步走了半个小时左右，来到了树林里，经过一番寻找，他发现了一丛茂密的灌木——正是藏身的好去处。他决定在灌木丛中睡觉，这样就不用担心在早上醒来的时候被人发现了。

至于床，他没有多少选择。天已经全黑了，树林里伸手不见五指，托比没有办法把苔藓或树叶收集起来做成一个柔软的床。他只能就近找了一些树叶，姑且充当睡觉的地方。虽然这些东西根本称不上有多么柔软，但好在托比已经在马戏团里待了十个星期，在这期间，他睡过最柔软的床就是马车的座位；所以，托比很快就适应了。他把装着那件演出服的包裹当作枕头，把特雷特太太给他准备的食物放在附近，确保猴子没法轻易够到它，最后他把斯塔布斯先生搂在怀里，躺下睡觉。

“明天早上，不会有洛德先生来叫醒我们咯，不会有人一大早来骂我们不洗玻璃杯咯！”托比闭上眼，絮絮叨叨地对猴子先生说，“明天早上，我们就不用进到帐篷里去卖那些恶心的柠檬水和劣质的花生了。”忽然，托比的语气又变得悲伤起来：“但是，斯塔布斯先生，明天早上，马戏团里有一些人会为见不到我们而失落，尽管他们也会为我们平安逃走而高兴的……”托比一会儿哭，一会儿笑：“哈哈，不过想想明天早上就好笑，当洛德先生和卡索尔先生来找我们，发现我们不在，他们会是什么反应！我敢说，洛德先生会不停骂人，卡索尔先生会气得直挥鞭子……”

猴子把头缩进托比的外套里捂住耳朵，以最直白的方式表示它不想再听，它要睡觉！

这一整天的工作其实非常辛苦，但是逃跑的兴奋和回家的喜悦冲淡了身体的疲惫，直到躺下之后，托比才感觉自己浑身散架，眼睛都睁不开了。他还没来得及为自己逃离苦海而庆幸，就和猴子先生一起打起了呼噜。那副酣睡的样子，仿佛有人给他掖好了被子，把他放在了世界上最柔软的床上一样。幸亏托比很疲倦，没在半夜醒来。深夜的林子万籁俱寂，还会出现一些不常见的声音，要是托比半夜醒来，清楚地意识到树林里只有他一个人，那种感觉应该会相当糟糕……

第二天早上，阳光穿过枝叶，拂过托比的脸颊，猴子先生仍旧舒服地依偎在托比怀里。刚坐起来的时候，托比感觉脑袋还有些昏沉，但当他意识到这么多星期以来，导致他生活如此悲惨和艰难的一切，如今已经完全被自己甩在身后，托比不禁大叫起来，为重获自由而欢呼雀跃。

猴子先生被托比的喊声吓了一大跳，一个激灵跳到了最近的树上。但当它发现他们又来到树林里——在这里他们可以自由自在地玩耍，做任何他们喜欢的事情——并没有什么危险发生，猴子先生就放下了戒备之心，立刻在树上欢叫、跳跃，在树枝间摇荡、穿梭。

等到他们冷静下来，托比再一次把猴子放在肩上，把包裹夹在胳膊下，小心翼翼地走到了灌木丛的边缘，看是不是有人在追他们。托比匆匆逃进的这片树林在一座小山的山顶上。现在他走出去向下望去，竟然可以看到马戏团曾经搭帐篷的地方，但是现在看不到马戏团的痕迹，只是有许多人在那里走来走去，托比怀疑他们时不时地在抬头，朝自己藏身的这片树林看过来。

他一下子又紧张起来，心跳加速，十分担心洛德先生、卡索尔先生也在人群之中。托比确信这两位凶狠的先生一旦发现自己失踪就会立刻展开搜寻，而最先引起他们注意的地方肯定是他现在站立的地方。

“这样不行，斯塔布斯先生，”托比一边说，一边退回到林子深处，“我们必须离开这个地方，继续往里面走，我们必须躲到明天早上。对了，我还要找一些水来洗洗脸。”

哪怕在接下来的一个月里都不洗脸，猴子先生也不会有任何意见。于是，当我们的托比拖着沉重的脚步向前走的时候，猴子先生却在咧嘴傻笑，叽叽喳喳地“说”个不停，还试图抓住沿途的树叶，用五花八门的方法给它的主人增添前进的阻力。托比忍无可忍，不得不严厉地训斥了它一顿。

在快步走了整整一个小时之后，托比终于找到了一个理想的歇脚处，他准备听从老本的建议，在这里避上一段时间，然后再次踏上回家的旅途。

这是一个小山谷，树木生长得很是密集，除了一小片空地，其他地方几乎无法穿行。空地小得出奇，但好在旁边就是一条潺潺的小溪。对于没有帐篷，也没有办法建造帐篷的小男孩来说，这是一个最漂亮、最方便的住所了。

托比落脚后做的第一件事就是洗脸。他试图让猴子先生也洗洗脸，但是斯塔布斯先生不想做这种“蠢事”。它跳下来，站在水边往水里好奇地打量，但是当托比想把它摁进水里洗脸的时候，它就立刻挣脱向后跑，快速爬上大树，用尾巴勾住树枝，倒挂着荡来荡去，喋喋不休地叫着，好像在嘲笑他的小主人，竟然傻到用水弄脏自己的脸。

托比洗完脸，解开了胖夫人给他的那个包裹，准备吃早饭。即使是像托比这样一个食量巨大的人，面对特雷特太太准备的食物，仍然会被其数量惊得目瞪口呆：有两个半馅饼、两打甜甜圈、几块大奶酪、六个三明治、数不清的肉、半打涂着黄油的饼干和一块大蛋糕。托比不明白这么多的食物是怎么被严实地塞进包裹里的。

猴子先生一看到托比解开包裹，就从树上跳了下来，脸上露出了快乐的神情，和托比一样快乐。猴子先生似乎对特雷特太太的远见卓识非常感激，而它表达感激的方式就是突然抓起一个甜甜圈，以飞一般的速度跑到树上，以免托比追过来。

“听着，斯塔布斯先生！”托比板起了脸，“你想吃什么就可以吃什么，但是你拿东西的动作必须优雅一些，不许再这么调皮捣蛋了。”猴子先生没怎么理解，当然也没怎么遵守。

托比也管不了那么多，专心致志地吃了起来。食物迅速减少，托比却迟迟没有停下嘴巴。过了好一会儿，托比终于吃完了，他把剩下的食物收拾好，放回包装纸里，然后，坐下来思考目前的处境。

托比心想，在洛德先生或卡索尔先生还有可能在四处搜捕他的时候，是不能贸然离开这片树林的，幸好现在夜里天气还挺暖和，这个地方也有他需要的一切，食物储备还很充足，因此托比打算在这里至少待两天。哪怕那两个人中的某一个为了抓他而留了下来，两天之后也会疲惫不堪、放弃蹲守，然后跟着马戏团继续行进。

确定了这一点，托比松了一口气。下一步托比打算做个床，让自己住得舒服一些。托比随身带着小折刀，这一片小山谷里又长着许多松树和铁杉。看到树枝上的梢头和嫩芽，托比觉得自己可以做出一张全世界最柔软、最芬芳的床。他立刻开始工作，而斯塔布斯先生则继续在树枝上穿梭。

持续工作了大约两个小时，托比砍下了不少嫩枝。刚开始的时候，托比还雄心勃勃："说不定我可以建个什么小屋。"但是经过两个小时的劳动，托比的手上起了水泡，他只想坐下来休息，一点儿也不想要什么小屋了。

托比原本以为他可以和他的猴子先生在这里开开心心地待上好几天。不过，在他发觉林子里的时间过得异常缓慢以后，他很快就改变了主意，决定冒着被洛德先生或卡索尔先生抓到的风险，第二天一大早就离开这里。

在太阳落山之前，托比百无聊赖，一次又一次地想要冒险走出树林。但是他的理智劝住了他，这样的想法是多么危险啊！托比只好耐心等待。在林子里的第二个夜晚，虽然有了“树枝软床”，托比却没有前一夜睡得香了，因为他没有前一天那么累。在无穷无尽的黑暗中，托比被夜鸮的凄凉的叫声惊醒了好几次，每当这个时候，托比就只能把猴子先生叫醒，给自己壮胆。

这一夜最后还是平安过去了。好不容易熬到太阳的出现，托比就立刻收拾行李，匆匆忙忙地准备离开了，在这里每过一分钟，都会让他想回家的心急切一分。托比用最快的速度梳洗完毕，用最不体面的慌张模样吃完早饭，然后提起他的包裹，抱起他的猴子，找到自己前天进入树林的路，朝着回去的方向出发了。

托比兴致勃勃地快步向前走。为了表达心中的快乐，他把《称谢歌》① 唱了五六遍。如果托比知道很多歌曲，他很可能会唱一些更欢快的调调，可是这是他唯一受过的音乐教育了。他反复地唱着，快乐得就好像他能唱遍人类历史上所有的歌剧。

猴子先生从托比的肩膀跳上树枝，在大树间轻快地跳

① 《称谢歌》，是基督教音乐传统中最富盛名的赞歌之一，歌词通常是《圣经·诗篇》第 100 篇韵文。

跃前行，等到托比追上来，再突然跳回他的肩膀——它用猴子特有的方式充分地表达着自己的快乐。就这样，一人一猴欢欢喜喜地跋涉了将近一个小时，托比每时每刻都期待着能再一次看到房屋或人烟。但是，树林越来越浓密，没有任何村庄的迹象。

突然间，托比想到了什么，心中产生了巨大的恐惧，他眉头紧锁，脸上充满着无助和困惑。他的嘴唇开始颤抖，脸色变得苍白……猴子先生看到托比的手抖得厉害，好奇地抓住了主人的手指。

第十九章　恶作剧与死亡

托比迷路了！

即使年纪比托比大很多的人，一旦意识到自己在密林中迷路，也会吓一大跳，更何况托比只是个小孩。

托比冷静下来，决定沿着现在的方向再向前走十五分钟。托比没有计算时间的办法，但他知道每分钟有六十秒，他决定尽可能笔直地向前走，直到他数出第九百秒——十五分钟等于九百秒，这是他刚算出的结论。

托比从来没有觉得十五分钟有这么漫长过，这简直像一个世纪。当他好不容易数到九百秒，停下来环顾四周，却发现这里还是看不到边际的茂密森林。

“啊，斯塔布斯先生，我们迷路了！我们迷路了！”他把脸颊贴在猴子的头上，伤心地吼道，“我们该怎么办？也许我们永远都找不到出去的路了，我们会死在这里，那样的话，丹叔叔就永远不会知道我是多么后悔离家出走了。”

托比躺在地上痛哭起来，猴子先生有些害怕，想钻到托比怀里去。它努力把男孩的脸转过来，弯下身子，舔了舔托比的耳朵。这个动作让托比大受安慰，于是他振作起来，把猴子先生抱在怀里，开始认真讨论接下去该怎么办。

“我们不能再这样下去了，斯塔布斯先生，”托比一边说，一边看着猴子先生——老猴子一动不动，一脸严肃的模样。“我们一直走的这个方向肯定是朝树林深处去的，那就让我们换成这条路吧。”托比指着和他们原先道路相反的方向，“我们沿着这个方向走下去，要么找到出路，要么累死在这儿。”

猴子先生没有任何表示，托比就当他默认了。

对于托比这样的小男孩，不管是这些包裹还是这只猴子，其实都是沉重的负担。但是托比像个英雄一样，扛起重担，坚定向前，毫不犹豫。猴子先生跳上树枝，在林间跑动，托比很高兴，因为他肩头会轻松一些。老猴先生落回他的肩膀，托比也很高兴，因为托比甘愿付出任何辛苦，让猴子先生陪伴在身边；否则，目前的艰难处境，只会变得更加令人绝望，让托比几乎没有勇气继续走下去。

托比走啊走，走啊走，直到他真的走不动了，终于，他瘫倒在地，一动也不动。但是这时候，托比还根本看不到树林的尽头。猴子先生似乎还想往前走，托比就对他说："再往前走也没有用的，斯塔布斯先生，我得休息一会儿，我饿坏了。"

托比开始吃午饭，也给猴子先生分了食物。但是一个大问题出现了——他们没有水喝。一旦意识没有水，托比立刻觉得口干舌燥，连饭都难以下咽。

"没有水可不行啊，"托比对猴子先生抱怨道，"我们必须喝点什么东西，不然就吃不下了。可是我太累了，实在走不动了。我看我们现在都别吃午饭了，就在这儿休息一下，等有力气了再去找水喝。"

托比休息了很长时间，他一躺在地上，就因为疲惫而迅速睡着了，直到太阳快要落山时才醒过来。而这时托比发现，巨大的灾难在他睡着的时候悄悄发生了——地上散落了一层厚厚的食物碎屑。托比立刻明白了是怎么一回事，猴子先生在他睡着的时候，为了取乐，把食物掰成极小的碎屑，更可恶的是，它就撒在托比眼前。

托比看着满地碎屑，脸色阴沉，气得几乎说不出话来。他随即向猴子先生躺着的地方看去，这罪魁祸首正在酣睡，但托比仔细一瞧，发现这位狡猾至极的"先生"实际上左眼半睁半闭，正在偷瞄托比！

"现在你害死我们了，斯塔布斯先生，"托比哭喊道，

“我们本来就找不到出去的路了，现在更惨，连吃的都没有了，到明天我们就会饿死！哦，天哪！你究竟为什么要这么做！你之前把我所有的钱都扔了，还不够过分吗？你还要在这么困难的时候做出这种事！你到底是为什么啊！”托比大哭起来。

斯塔布斯先生这时才抬起头来，佯装刚刚被托比惊醒，它一脸悠闲地环顾四周，仿佛想弄明白到底发生了什么事。不愧是马戏团的猴子先生，它看着散落在地上的面包屑，故作惊讶，还拾起来一些仔细端详，好像自己也是第一次看到这幅景象。

“不要演戏，你以为假装不知道就能骗得了我吗？”托比第一次对他的宠物感到如此愤怒，如此不可原谅，“你明知道这是谁干的好事，这里还有第三个人吗？你休想用你的小把戏蒙混过关。”

猴子先生似乎听懂了，明白它那愚蠢的小把戏并不算很成功。它温顺地走向小主人，爬上主人的肩膀，坐在那里一会儿亲吻托比的耳朵，一会儿低头偷瞄托比的眼睛，直到托比再也无法抵抗它无声而滑稽的“忏悔”，把它紧紧抱在怀里。

“这件事已经发生了，我也没法改变过去，我想我们接下来还是要努力好好活下去。但是你可真是太坏了，斯塔布斯先生！真不知道我们现在该怎么办？怎么才能找到点吃的东西呢？”托比苦着脸。

猴子先生在发疯搞破坏的时候，完全像个恶棍，丁点儿大的食物都没有放过。所有的食物都被它撕成了最小的渣渣，和泥土混合在一起，根本收集不起来，全都浪费了。

托比刚醒时，天空已经透露出一丝丝昏暗，而当托比坐在那里哀叹自己的命运、苦思寻找食物的办法时，黑夜的大幕已经开始从四面八方缓缓落下。托比必须在天黑之前找到一个合适的地方过夜，一旦天黑，就没法在黑暗中行动了。

幸好，托比很快就找到了一块应该还算安全的地方。这天夜里，托比久久不能入眠，一方面是因为他几乎睡了整整一个下午，另一方面是他在为损失了食物而发愁。托比躺在坚硬的地面上，怀里搂着猴子，忍受着漫漫长夜的侵蚀，渐渐地，托比看到了许多幻象，心中的恐惧纷纷向他袭来，周围树林里不时发出的可怕声音。“难道是马戏团派人来抓我了？会不会有野兽想来吃我的肉、咬我的骨头？”托比吓得额头直冒冷汗，他不敢说话，甚至不敢呼吸，唯恐发出声音泄露了他的行踪，引得敌人把他生吞活剥了。托比躺在黑暗中，竖起耳朵，提心吊胆地关注着黑暗森林中的每一个声音。托比简直是度日如年，他从来没有感觉时间这么漫长过，仿佛在那里躺了好几个世纪，最后终于支撑不住勉强睡着，在睡梦中摆脱了恐惧。

第二天一大早，阳光明媚。托比刚恢复清醒，想起昨晚是怎么艰难熬过来的，就又沉溺于悲伤之中。好在勇敢的小托比最终还是努力给自己加油打气：“虽然现在情况已经很糟糕了，但斯塔布斯先生和我一天不吃东西也能活下去。也许到了晚上，我们就能走出这片树林了，之后我们说不定能饱餐一顿，嘿嘿，到那时，不管吃到什么，我一定都会觉得很美味。”

想到这，托比大无畏地迈开步伐，勇敢往前寻找希望，尽管也许走上整整一天，他都走不出这片树林。不过，托比的勇气很快得到了回报——他们到达了一片长满了黑莓的灌木丛。托比饱餐一顿。猴子先生也非常喜欢这些浆果，它把自己的肚子填得满满当当，就连嘴巴里也塞满了咽不下去的果子，整个腮帮子撑得圆鼓鼓的——大概是想储备一些口粮。

吃完这一顿水果大餐，托比精神为之一振，眼里的世界也开始变得光明可爱起来。托比之前以为自己可能会饿死在森林里，根本没有想到还有这么美味的浆果，现在绝处逢生，他开始相信也许靠着果子在这片森林里生活几个星期不成问题。

第十九章　恶作剧与死亡

不久，托比走到一条小溪边，他恍惚觉得这里就是他在树林里第一次过夜时驻扎的河岸。一身疲惫的托比脱掉衣服，走到溪水最深处，洗了个提神醒脑的冷水澡。托比没有毛巾来擦干身子，只好把自己晾在太阳下，等待温暖的阳光把身上的水分晒干。然后托比穿好衣服继续前行，他相信自己迟早能安全走出去。

在迷路的这段时间里，托比找不到路标，也不知道自己是在沿着直线走还是在绕圈子。现在他决定沿着小溪走，准能走出去。整个上午，托比一直在走，但走得不快，以免自己没多久就筋疲力尽。通过观察太阳的方位，托比察觉出时间已近正午，就躺在河边的柔软苔藓上休息。

这个时候，托比又开始发愁了。他一路走来没有找到新的浆果，早餐和洗澡激发的兴奋感很快就消磨殆尽。这会儿，托比看到猴子先生在他头顶附近的树上，正心满意足地舒展着四肢。托比想起被它糟蹋的那些食物，一股绝望的念头又浮上心头，他觉得自己会饿死山林，再也没法等到重见丹尼尔叔叔的那一天了。

正当托比最无助、最孤独的时候，正当饿死山林的想象在他脑海中变得越发清晰的时候，他听到了附近传来狗的叫声，而且听起来离自己很近！

托比立刻兴奋无比，他终于得救了！他刚要站起来呼救，却听到尖锐的枪声在不远处响起。随后，头顶树枝间发出了痛苦的惨叫，猴子先生砰的一声倒在地上，一动不动。这一切发生得如此之快，以至于托比一开始并没有意识到有多么严重。

可怜的猴子先生痛苦地呻吟了一声，把棕色的爪子放在胸前，鲜血从爪子捂住的地方喷涌而出。猴子先生抬起头，带着悲哀的神情无助地望着主人，直到这时，托比才彻底明白过来降临在眼前的是怎样的厄运。

“不——”

可怜的托比发出一声极度痛苦的大叫，哪怕是他自己中了枪，那叫声也不会比现在更加惨烈了。托比一下扑到垂死的猴子身边，把斯塔布斯先生一把抱在怀中，完全不顾它身上到处流淌着的鲜血。

托比温柔地抚摸着斯塔布斯先生的脑袋，想到这颗小脑袋常常舒服地依偎在自己怀里，他的心仿佛被千万根针扎一样。托比一遍又一遍地发出痛苦而短促的哀号：“是谁？是谁！为什么这么残忍？究竟是为什么！”

托比的眼泪像暴雨一般顺着眼眶汹涌而出，他一遍又一遍地吻着他忠心耿耿的老朋友，仿佛要把猴子先生所有的痛苦都转移给自己。

“求求你，开口跟我说句话吧！”托比一边哭喊，一边把那猴子先生的爪子握在手里。他发现这只爪子正变得越来越冷，透露出死亡的寒意，托比赶紧把这只爪子放在自己脖子上取暖。“我多么爱你啊，斯塔布斯先生！……呜呜……你不要死啊，不要丢下我一个人……对不起，我昨天那么凶地对你说话……对不起，我曾经坐在你身上，差点噎死你……原谅我对你的不好，可以吗……斯塔布斯先生……”猴子先生的呻吟越来越频繁，声音却越来越微弱，托比擦干眼泪，跑到小溪边，双手盛满水，送到猴子先生嘴边给它喝。

猴子先生舔了舔水，勉强抬起头来，眼睛里流露出感激的神情，仿佛在感谢主人对它的这番情谊。这一刻，托比感觉猴子先生仿佛真的就是一位垂暮的老人，千言万语，都融汇在它那逐渐浑浊的双眼里。托比想帮它把胸前的血迹洗掉，但是刚洗干净，血就又涌了出来。于是，托比停止了徒劳的擦拭行为，努力让他这位老朋友更舒服一些。托比脱下外套，平铺在地，让猴子先生躺在上面。接着，他摘了一大堆绿叶子，垫在猴子的脑袋下面，让它能够舒服一些。做完了这些，托比坐在自己的老朋友身边，握着它的爪子，对它说着最最温柔的话语。托比的嘴唇因为悲伤不停地颤抖，苍白的声音在森林里飘荡，淹没了一切……

第二十章　团圆

一个拿着步枪的年轻人扛着装满猎物的袋子出现了——看样子，这就是眼前这场悲剧的肇事者了。看到这一幕，年轻人大受震撼，为自己无意中所犯的错感到既为难又悲伤。

“非常对不起……我不知道我刚才瞄准的是你的宠物，”年轻人终于犹豫着开了口，他把手轻轻搭在托比的肩膀上，“那个……我透过树丛看到一小块皮毛，以为是什么野兽，就开枪了。真的非常抱歉，请原谅我，好吗？它现在太痛苦了，让我把这可怜的动物从痛苦中解救出来吧。”

托比抬起头，满眼通红，恶狠狠瞪着这个杀死猴子先生的凶手，像发了狂一样喊道：“你给我走开！难道你看不出来你已经杀了斯塔布斯先生吗？你还要怎么解救他！你会因为谋杀罪被绞死的！”

“我真的不是故意杀死它的。”年轻人真诚地忏悔，他对托比的悲愤感到万分同情，他再一次强调，“最后让我弥补一下吧，让我把这可怜的小家伙从痛苦中解脱出来。”

“你怎么能这样做？”托比充满了怨恨和不解，“它已经快死了！”

“我知道，可是用一颗子弹结束它的生命，能让他少受点苦，也算做善事了。”

如果托比是个大人的话，这会儿也许真的又会发生一起谋杀案。托比愤怒至极，可怜的老猴子已经受了致命伤，这个人居然还如此冷酷地想要杀死它！托比用充满怒火的眼神瞪着眼前的这个年轻人，吓得对方赶紧后退了几步，生怕这个男孩会在绝望之下跟他拼命。

“你走开！”托比的声音非常激动，“再也不要出现在我面前。你把我现在在这个世界上唯一的好朋友杀了，我恨你，我恨你！”

托比又转头看着他的猴子先生，双手轻轻捧着猴子先生的脑袋，弯下身子，温柔地亲吻着猴子小小的脸颊，就像母亲亲吻孩子一样。

猴子先生越来越虚弱，它伸出小爪子，抓住托比的手指，微微抬起身子，一阵痉挛过后，就彻底死去了，小小的爪子慢慢松开了托比的手，无力地垂在地上。

第二十章　团圆

托比多么希望自己弄错了。他盯着猴子先生那双半闭的、迅速浑浊起来的眼睛，把手放在猴子的心脏上，感受它是否还在跳动。然而，那双无神的眼睛里看不到任何反应，那个血淋淋的胸膛下也感觉不到任何心跳。托比知道他的老朋友真的死了，扑倒在猴子身边，用孩子特有的那种不加抑制的方式，放声大哭。

托比一遍又一遍地叫着猴子先生的名字，一遍又一遍地恳求它再睁开眼睛看看自己。后来他不再呼唤猴子了，而是陷入了痛苦的自责之中。他懊恼地说自己不该离开马戏团，如果留在那里，至少猴子先生完全可以保证生命安全，即使他自己每天遭到鞭打辱骂也无所谓。

年轻人沉默地站在一旁，面对眼前的惨剧，他内心懊悔却又不知所措。他从托比絮絮叨叨的自言自语中了解了一切。他知道这个男孩从马戏团里跑了出来，因为洛德和卡索尔为了抓他，在马戏团离开此地之后又逗留了一天，年轻人碰巧遇到过他们，听他们在四处打听一个男孩的下落——一个名叫托比、带着一只猴子的男孩。

托比在死去的猴子先生旁躺了将近一个小时，哭得心都要碎了。年轻人一直等到托比慢慢哭累了，才走近他身旁。

“我真的不是故意的！请你相信我，我绝对不会故意做这么残忍的事情。”年轻人尽量让自己的声音友好又真诚，“请你相信我，如果能让你的宠物复活，我愿意去做我能做到的任何事情！”

托比认真地看了他一会儿，然后慢慢地呜咽道：“好……我……我会尽力相信你。”

“现在你能听我说会儿话吗？我知道你是谁，也知道你为什么在这里。”

“你怎么会知道我？”

“马戏团走了以后，有两个人留了下来，他们到处找你。”

“他们要是抓住我就好了。”托比痛苦地闭上了眼睛，“我希望他们当时抓住我，因为那样的话，斯塔布斯先生就不会死在这里了。”

托比看着眼前这个曾给他带来许多安慰和快乐的老朋友，现在成了一具弱小、僵硬、可怜的尸体时，他的悲伤又一次爆发了。

“现在不要去想它了，想想你自己，想想你接下来要做些什么。”年轻人打断了托比的悲伤，试图让托比的注意力从痛苦中转移。

“我不愿意想这些，我也不在乎接下来要做些什么。”男孩仍旧在激动地啜泣着。

“但是你必须为自己打算一下，你不能一直待在这里。

如果你愿意告诉我所有的事，我会设法帮你回家，或者帮你去到你想去的什么地方。”

年轻人劝了好久好久，托比才开始说一些跟斯塔布斯先生之死无关的事。这个年轻人了解到了更多关于托比的故事，他努力劝说托比离开此地，和他一起到城里去。现在得先把猴子好好安葬，可托比态度激烈：“我不能离开斯塔布斯先生，我从马车上摔下来的那天晚上，他以为我受伤了，也没有离开我。”最后，托比意识到他没法带着一只死猴子上路，只好同意。但是他坚决不允许年轻人帮忙，碰一下也不行。

托比在附近的一棵冷杉树下挖了一个小小的土坑，里面铺上柔软的野花和树叶，他用骷髅先生夫妇送给他的那套漂亮衣服小心翼翼地把猴子先生包裹起来——这是他能为斯塔布斯先生所做的最后的事了。托比温柔地把猴子先生放进墓坑，撒上一圈鲜花。在用泥土掩埋之前，托比的声音因激动而变得哽咽：“再见，斯塔布斯先生，再见！我真希望死的是我，而不是你……现在你死了，我成了一个可怜的倒霉小孩……”

托比把墓坑填平，又在上面堆了一个小土包，年轻人好言相劝，托比才缓缓起身离开，一步三回头……当树木完全遮挡住斯塔布斯先生最后的安息处，眼泪又开始从托比的脸颊上汹涌滚落："当初如果我没让它跳到树上就好了。唉，它要是知道我们走出了树林，该有多高兴啊！"

年轻人努力转移托比的注意力。当他们到达树林外的村庄时，托比已经把他的故事原原本本地讲了出来。难能可贵的是，托比丝毫没有指责洛德先生，他把离家出走全说成是自己的过错。

话说另一头，洛德和卡索尔在镇上只逗留了一天，因为有人告诉他们，在托比逃走后大约两个小时，有一个男孩穿过镇子去乘坐夜班火车，两位先生立刻动身去找那个男孩。因此，托比倒不必担心现在遇到洛德先生或卡索尔先生，他可以平安地踏上回家的旅途。

年轻人先是劝托比在他那儿待上一两天，避避风头，在托比拒绝之后，他就把所有精力放在如何帮助托比安全回到丹尼尔叔叔家的事情上。不顾托比百般推辞，好心的年轻人坚持陪着托比去往临近城市的码头，还为托比买了一张特等舱的船票。托比说不需要这么破费，因为他在任何地方都能睡着。好心的年轻人却解释说："追捕你的那些人已经到了蒸汽船的下一站，一旦他们发现之前追错了人，很可能会来这条船上搜查。但是他们绝对想不到，你竟然会待在特等舱里。只要你小心一点儿，待在里面一路都不出来，你就能安全到家。"

第二十章　团圆

蒸汽船开动的时间到了，年轻人和托比告别："托比，现在你不会因为我开枪打死了你的猴子而怨我了吧？如果能让他起死回生，我做什么都愿意；但是我没有办法，我现在唯一能帮你的，就是让你安全到家。"

"我知道你不是故意朝斯塔布斯先生开枪的，"托比说着眼睛又湿润了，"我很抱歉在树林里对你说了那些话。谢谢你，你是个好人……"

两人还没来得及说更多的话，汽笛声就响了，跳板被收了起来，巨大的轮子开始转动，托比真正踏上了通往吉尔福德镇和丹尼尔叔叔家的旅程。

现在是下午五点，托比要到第二天下午两三点钟才能到家。一想到马上就能够重新踏上吉尔福德镇的街道，能够再次见到所有的小伙伴，还能回家找丹尼尔叔叔，托比就激动得发抖。只不过，托比又会不由自主地想起，他原本的计划是带着猴子先生一起回到丹叔叔家，带着它走遍那些熟悉的老地方，还要让它和自己的小伙伴们一起玩耍，可是这些现在都不可能实现了。

那天晚上，托比百感交集，一会儿激动，一会儿痛哭，在床上翻来覆去了很久才睡着。当他第二天醒来时，蒸汽船正逆流向上游驶去。这滚滚的河水就像是他老家的朋友——从吉尔福德镇而来，向大海流去。

蒸汽船每次停靠在一个新的城镇，托比就急切地望向码头——家里的某个人也许会恰好在那附近，他特别期待看到一张熟悉的面孔。不过，托比听从了那位年轻人的忠告，即使向外张望，他也一直待在自己的房间里，这样，他可以看见外面，却不会被外面的人看见。事实证明，这么做很明智，因为在后面停靠某一个码头的时候，洛德先生和卡索尔先生都上了船。

托比的心一下子提到了嗓子眼儿，他想象着这两个人站在他的船舱门口，敲门要求进来。托比用被子包住了头。"他们肯定知道我藏在哪里了！"托比害怕极了。

但是不幸的事并没有发生。洛德和卡索尔上船后在下等舱搜了一圈没找到托比，就在汽船出发前又回到了岸上。汽笛响的时候，托比从被子里钻出来，正好看到他们走出码头，托比高兴坏了，心情也逐渐从恐惧中平复。

托比的思绪飘出船舱，飘到汽船的前面，飘回吉尔福德镇。相比之下，汽船的航行速度变得如此缓慢。托比渴望立刻重返吉尔福德镇，简直一秒也等不了了。

终于，托比看见了山上那座小教堂的尖顶。当轮船绕过小山，整个城镇展现在眼前时，汽笛声响起了，托比禁不住兴奋地跳来跳去，大声嚷嚷。

早在轮船靠近码头之前，托比已经提前整整五分钟第一个站到跳板上。当他认出码头上的熟悉的面孔时，他是多么快乐啊！

托比回家了！过去几个月里日思夜想的家啊！

现在不管是洛德先生，还是卡索尔先生，都没法伤害托比了。还没等跳板放稳当，托比就急匆匆跑下船去，他搂住他所认识的每一个男孩的脖子。托比甚至想亲吻他们的脸颊，可惜他们不同意，只想听托比讲故事。

托比消失了这么久，男孩们自然很好奇，他们围着托比叽叽喳喳地问个不停。这个年幼的“浪子”却不想回答，他拒绝了伙伴们让他讲“托比奇遇记”的请求，说要先去找到丹尼尔叔叔和家里的其他人再说：“我现在要回家了，如果丹叔叔原谅我之前犯的错，我今天下午就坐下来好好给你们讲。关于马戏团，你们想知道什么，我统统都会告诉你们。”

一些男孩大胆地预言，托比会狠狠地挨一顿鞭子，谁让他离家出走呢！而沉浸在幸福之中的托比听了这话，丝毫没有感到害怕：“但愿如此，挨一顿打如果就能为我离家出走给大家带来的麻烦做出补偿，我会觉得好受一些。如果丹叔叔允许我继续和他住在一起，他尽可以每天早上都拿鞭子打我一顿，我绝对不会抱怨一声的。”

托比快步跑向他自记事以来一直称之为“家”的地方，比他之前离家出走的速度要快得多！也许丹叔叔会告诉他——他已经没有资格将那个地方称为“家”了，也许丹叔叔马上就会原谅他，托比的心中充斥着各种强烈而复杂的情绪，简直快要爆炸了。

当托比走进那间熟悉的起居室，丹尼尔叔叔正坐在窗边，独自一人，望着窗外——正如托比预料的那样——丹叔叔的目光追随着那片随风摇曳的金色谷田。

托比悄悄地走进屋子，来到丹叔叔跟前，跪在地上，谦卑而真诚地忏悔：“哦，丹叔叔！但愿你能原谅我的……原谅我逃跑的罪行，让我继续留在这里——因为这是我的家。你让我做什么我都会照办的，我发誓我永远不会在集会时窃窃私语了，我也……也不会做任何坏事了。”

说完之后，托比默默等待着命运的裁决。

“我可怜的孩子，”丹尼尔叔叔抚摸着托比“桀骜不驯”的红头发，轻声说道，“我对你的爱远比我预想的要深得多。你离开我的时候，我曾向上帝大声呼喊，就好像逃离我身边的是我的亲生骨肉。留在这儿吧，托比，我的好孩子，帮帮我这把老骨头吧，快要入土的可怜人，再也经不起分别了……”

现在，我们可以放心地把托比·泰勒留给丹尼尔叔叔照顾，从而给这个故事画上一个完整的句号了。

W. A. ROGERS.

—小竹马童书—

世界少年经典文学书屋